Los espíritus en busca de justicia y El regreso de los espíritus

Yan Zhitui

Los espíritus en busca de justicia y El regreso de los espíritus

冤魂志 y 回魂志

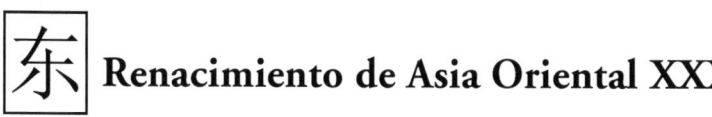 **Renacimiento de Asia Oriental XXXI**

EDITORIAL COMARES ● Granada 2024

EDITORIAL COMARES

RENACIMIENTO DE ASIA ORIENTAL

Director de la colección:

JAVIER MARTÍN RÍOS

http://renacimientodeasiaoriental.blogspot.com.es/

Maquetación: Natalia Arnedo

© De la introducción, notas y traducción: Gabriel García-Noblejas

© Editorial Comares, 2024
Polígono Juncaril
C/ Baza, parcela 208
18220 Albolote (Granada)
Teléfono 958 465 382

https://www.comares.com • E-mail: libreriacomares@comares.com
https://www.facebook.com/Comares • https://twitter.com/comareseditor
https://www.instagram.com/editorialcomares

ISBN: 978-84-1369-875-5 • Depósito legal: Gr. 1637/2024

Impresión y encuadernación: Comares

SUMARIO

CRONOLOGÍA DE LAS DINASTÍAS RELEVANTES

Dinastía Xia:	s. XXI a.C. al s. XVI a.C.
Dinastía Shang:	s. XVI a.C. al s. XI a.C.
Dinastía Zhou:	s. XI a.C. a 256 a.C.
Dinastía Qin:	221 a.C. a 207 a.C.
Primera dinastía Han:	206 a.C. a 9 a.C.
Interregno:	9 a.C. a 25 d.C.
Segunda dinastía Han:	25 d.C. a 220 d.C.
Período de Tres Reinos (simultáneos):	220 d.C. a 280 d.C.
Reino de Wei:	220 d.C. a 264 d.C.
Reino de Shu:	221 d.C. a 263 d.C.
Reino de Wu:	222 d.C. a 277 d.C.
Dinastía Jin:	265 d.C. a 420 d.C.
Dinastías (simultáneas) al Norte y al Sur:	420 d.C. a 589 d.C.
— Dinastías al Sur:	
Dinastía Song:	420 d.C. a 479 d.C.
Dinastía Qi:	479 d.C. a 502 d.C.
Dinastía Liang:	502 d.C. a 557 d.C.
Dinastía Chen:	557 d.C. a 589 d.C.
— Dinastías del Norte:	
Dinastía Wei del Norte:	386 d.C. a 534 d.C.
Dinastía Wei occidental:	535 d.C. a 556 d.C.
Dinastía Qi del Norte:	550 d.C. a 577 d.C.
Dinastía Zhou del Norte	557 d.C. a 581 d.C.
Dinastía Sui	557 d.C. a 618 d.C.
Dinastía Tang	618 d.C. a 907 d.C.

ESTUDIO INTRODUCTORIO

El autor

Yan Zhitui (*c.* 531-595) tuvo la suerte de nacer en una familia que había estado proporcionando a sus miembros, durante generaciones, tanto una educación elevada —cuando la educación era algo minoritario— como cargos en la administración imperial. Pero su fortuna fue distinta en cuanto a la época que le tocó vivir. China atravesaba entonces uno de los períodos más inestables y violentos de su historia. El país carecía de un emperador a la cabeza del Imperio (fueron varios, simultáneos, muchos de ellos extranjeros); los aristócratas, los príncipes y los señores aspiraban al poder imperial, aprovechándose del desorden, y la unidad territorial de China se había perdido: la nación se hallaba dividida en dos por el río Azul. Al norte de dicho cauce se extendían los territorios que habían caído en manos de diversos pueblos invasores llegados del norte y del noroeste (los Toba, los *xiongnu*, los ávaros, los tagbač, tribus de origen tártaro, turco y mongol), invasores que desde el siglo IV fueron formando reinos pequeños y numerosos —veinte como mínimo entre el siglo IV y V—, amén de fugaces, pues los que lograron establecer casas de cierta duración son contadas excepciones. Mientras tanto, al sur del río Azul, están asentados los chinos que han huido de dichos «bárbaros», manteniendo allí sus usos y costumbres sin tener demasiado contacto con —pero no totalmente aislados de— dichos pueblos del norte, continuando sus sistemas dinásticos tradicionales, su vida sedentaria, sus asesinatos e intrigas palaciegas y su colonización de territorios cada vez más al sur de lo que hoy es el Vietnam.

Estamos al final del período «de desunión», «medieval» o de las Seis Dinastías, términos que se refieren a los años que van desde el año 200 hasta el año 600 *grosso modo* y que indican que no fue una sola casa la que reinó esos cuatro siglos, sino varias y simultáneas, según se hable del norte o del sur. China, en palabras de Maspéro y Balázs, está «sumida en la desolación», aunque también en la antesala de la dinastía Sui, que unificará la nación en el 589 y que facilitará la fundación de la dinastía la Tang en 618. El lector tiene en el presente libro un asiento de primera fila a este desorden. Todo está en los cuentos que siguen.

La familia de Yan Zhitui, los Yan, originaria de la actual provincia norteña de Shandong, huyó al sur en el siglo III siguiendo al emperador Sima Yan, de cuya corte formaba parte uno de los antepasados de nuestro autor, Yan Han. Establecidos por debajo del río Azul, los Yan perpetuaron allí la tradición familiar de ocupar puestos oficiales al menos hasta tiempos de nuestro escritor, pues hacia 552 encontramos a Yan Zhitui, con unos veinte años, trabajando en su prefectura natal de Jiangling al servicio del emperador Yuan de la casa de Liang. La casa de Liang era de tradición budista y su fundador, el emperador Wu, que reinó durante la juventud de Yan Zhitui (de 502 a 549), se distinguió no sólo por gran letrado confuciano sino también por budista creyente y por escritor prolífico, como demuestran sus comentarios y ensayos sobre el *Sutra del nirvana*, sobre el *Vimalakîrti Nîrdeśa* y sobre el capítulo séptimo del *Pañcaviṁśatikâ*. Además, se sabe que dedicó tres años a la traducción de textos sánscritos y que dio orden en el día del cumpleaños de Gautama Buda del año 504 de que tanto sus parientes como los señores y los cargos de la administración abandonasen el taoísmo y se adhirieran al budismo, así como de que los bonzos del monasterio del monte Jin iniciasen en el año 505 un rito budista de purificación por el agua cada quince de febrero y de que se destruyesen templos taoístas y sus adeptos se reintegraran a la vida laica en 517, recibiendo por todo ello nombres como «el emperador Buda» o «el Buda hijo del Cielo».

Volvamos a Yan Zhitui, que también era un budista confuciano tal vez por influjo de la casa dinástica a la que servía y por la educación letrada recibida y manifestada en los exámenes imperiales. Cuando contaba dicha edad de veintidós años, el estado de Wei occidental arrasó la prefectura donde él se hallaba, la de Jiangling, y se vio deportado a la ciudad de Chang'an, de la que logró escapar para refugiarse en el estado norteño de Qi, en el cual llegó a ocupar años más tarde cargos relativamente altos como el de prefecto de Pingyuan. La guerra le afectó otra vez en el año 557: el estado de Zhou del Norte invadió el estado al que Yan Zhitui servía y vuelven a deportarle a Chang'an. Ya no se irá más: es en dicha ciudad donde permaneció hasta su muerte, sin cargo político de mayor importancia. Durante aquellos años, mientras los godos se apoderan de la Península Ibérica, las civilizaciones mochica y nazca florecen el norte y el sur del Perú actual, y Mahoma cumple once años, Yan Zhitui, además de ser testigo de cómo en su país se resolvían las divisiones que lo habían estado aquejando durante cuatro siglos al quedar unificado por la fuerza de las armas bajo la casa de Sui en el año 581, se dedicó a escribir y a compilar libros.

Uno de esos libros que produjo hacia el final de su vida, *Consejos para los Yan (Yanshi jiaxun)*, es el que se ha ganado la categoría de clásico en la historia de la filosofía china, es el que ha unido el nombre de Yan Zhitui con los de Confucio o Han Fei, y es el que ha merecido que se lo alinee con el *Libro del tao* y el *Libro del maestro Gongsun Long* en esa recopilación de las obras más representativas de las escuelas de filosofía principales que se hizo, en los años treinta del siglo pasado, bajo el título *Las obras maestras de todas las escuelas*. Debido al fulgor de *Consejos para los Yan*, el otro libro suyo que nos ha llegado, éste que ahora se traduce, quedó ensombrecido. Precisamente por eso, entre otros motivos, conviene rescatarlo.

Además de estos dos títulos, nos consta que Yan Zhitui firmó otros y que se dedicó a la lexicografía y a la poesía, pero lamentablemente sólo nos han llegado unos pocos fragmentos de los diccionarios que compuso, mención de que formó parte del equipo que publicaría en el 601 el diccionario fonético *Análisis de términos que riman (Jieyun)* y cinco poemas.

EL TEXTO

Según las investigaciones de A. Dien, la primera referencia documental que hay a nuestra obra está en el «Tratado sobre las letras» del *Historia de la dinastía Sui*, compilada y editada en 656. Más de un siglo después, en 780, vuelve a haber referencia a nuestro libro en una estela que se excavó en el panteón de cierta familia. En ambos casos se habla del libro titulado *Yuanhun zhi* (lit.: *Tratado de espíritus «hun» en busca de justicia*) y se dice que constaba de tres rollos. En estos tres rollos, al parecer, se incluyeron, además de los relatos que pudieran haber formado parte de un libro titulado *Tratado de espíritus «hun» en busca de justicia*, otros cuentos provenientes de otra obra de Yan Zhitui, *Consejos en defensa del no matar (Jiesha xun)*, cuyo tema central debió parecer a los bibliógrafos tan afín al *Tratado...* que las juntaron.

Otro documento en el que nuestro libro aparece con el mismo título de *Tratado de espíritus «hun» en busca de justicia*, pero adscribiéndosele una extensión menor, de uno o dos rollos, es la enciclopedia budista *El bosque de las joyas de la doctrina*, compilada en el 668 por Dao Shi y que es depositaria de gran cantidad de obras afines a esta filosofía. Bajo el mismo título se la cita en otras publicaciones oficiales posteriores, a saber: en el capítulo 46 del *Historia de la antigua dinastía Tang*, compilada hacia el año 945, y en el capítulo 59 del *Historia de la nueva dinastía Tang*, compilada entre 1.041 y 1.048. La extensión de nuestra obra varía según se la cite en una u otra obra: a veces se dice que consta de dos rollos, a veces que de tres. El porqué de estas variaciones, tan comunes en obras antiguas, sigue siendo una pregunta en busca de respuesta.

Llegados a la dinastía Song (960-1.279), los tratados bibliográficos empiezan a mencionar a nuestro libro por otro título: el de *Huanyun zhi* (lit.: *Tratado de acusaciones que regresan*) y se le da un número cambiante de cuentos. En la misma dinastía, los compiladores de esa gran reedición de más de doscientas obras escritas entre la dinastía Han (206 a.C. – 220 d.C.) y el año de su publicación en el 978 titulada *Recopilación general de los Años de la Paz Universal* recogieron bastantes relatos de Yan Zhitui. Después de lo cual, desaparece de todo tratado bibliográfico. No hay más rastro de él ni documento que certifique que siguió circulando unidamente y como obra independiente durante siglos.

A pesar de esto, nos consta que se fue copiando los relatos de Yan Zhitui y que así es como fueron transmitidos de generación en generación, dispersamente, hasta que los bibliógrafos de la dinastía Ming (1.368 – 1.643) decidieron reunirlos y recomponer la edición primera. La publicación más completa que se hizo en esta dinastía consta de treinta y seis relatos; es la que hemos tomado de original para la presente traducción de los cuentos del primero al trigésimo tercero. Pero como el examen de otras recopilaciones de textos en prosa resulta en que hay otros cuentos de Yan Zhitui ya en la enciclopedia budista *El bosque de las joyas de la doctrina* del 668, ya en la *Recopilación general de los Años de la Paz Universal* del 978, hemos repescado nosotros —siguiendo las investigaciones de A. Dien— el resto de los relatos que completan nuestro volumen de sendas obras, formando así la presente edición.

EL CONTENIDO DEL LIBRO

Al igual que la mayoría de los libros de cuentos de aquella época, y también de épocas posteriores, *Los espíritus en busca de justicia* es más una compilación de textos que una creación original de tramas y personajes. Así ocurría con *Indagaciones históricas acerca de los espíritus y las divinidades* de Gan Bao († 336), dos siglos antes, y así seguirá ocurriendo, al cabo de otros diez, con las obras en prosa del gran nombre de la cuentística Ming, Feng Menglong (1.574-1.646). Se trata de una constante en la literatura china.

En el caso de Yan Zhitui, esta combinación de tradición e individualidad, de compilación de textos antiguos junto a textos bien que contengan añadidos suyos bien que sean totalmente de su puño y letra (como se supone que son del 44 al 55) es evidente. Gran parte de los sucesos que desarrolla en sus relatos están tomados de obras históricas, y así dejamos dicho en las Notas (*vid.* p. XX *infra*). Pero esto no significa que Yan Zhitui se limite a incluir en su libro, intactas, estas historias tomadas de otras fuentes. Nuestro autor las modifica y las adapta, se las apropia y hace de ellas su versión. La individualidad de Yan Zhitui radica en agregar el elemento *espíritus* a las fuentes históricas en que basa sus relatos, y, en consecuencia, en dar una nueva clave interpretativa a esas historias antiguas. Al recontarlas, Yan Zhitui opera en ellas un cambio de sentido tal que lo que eran meros documentos de cómo murieron ciertos personajes famosos de la historia de China pasan a ser relatos asesinos de ultratumba presentados como si fueran históricos. Con ellos, Yan Zhitui nos ofrece su visión personal del mundo, de la vida y de la muerte, y de la justicia. Visión de la vida, visión de la muerte, visión de la justicia.

La visión del mundo de Yan Zhitui que encontramos tanto en *Consejos para los Yan* como en *Los espíritus en busca de justicia* no es demasiado esperanzada. En aquél, nuestro autor procura dar avisos y soluciones prácticas a cómo educar a los hijos de manera que se conviertan en hombres rectos y responsables en sus deberes con el estado y con la sociedad, para lo cual propugna una educación basada en el rigor, ya que, como él mismo afirma, «el amor malogra a los hijos a no ser que lo acompañemos de rigor y de instrucción». Pero no todo queda ahí. Para Yan Zhitui, este tipo de educación tiene una proyección futura. Primero, debe servir para mejorarse a uno mismo en tanto individuo, pues «los libros se leen para aprender, y aprender es fundamentalmente un deseo de extender nuestros propios límites y de ver con mayor claridad, lo cual es bueno para nuestro comportamiento en la vida». Segundo, debe servir para formar funcionarios de la administración responsables y rectos. De modo que es precisamente esta mayor claridad en la mirada que proporciona el estudio y este saber cómo comportarse en la vida, sumadas a aquella rectitud resultante de una correcta educación, lo que da como saldo un funcionario estatal modelo. Y un Estado en cuya administración sólo hubiese habido funcionarios rectos no podría haber degenerado hasta el punto en que degeneró el de nuestro autor.

En efecto, este modelo de comportamiento, que mana directamente de los clásicos confucianos, es más un ideal que propone Yan Zhitui que una realidad palpable. El mundo de la administración que él conoce es muy otro. Es un mundo en el que, tal como deja descrito en el libro III de los *Consejos...* y a todo lo largo de *Los espíritus...*, abundan los funcionarios y los oficiales desmandados, caprichosos y despóticos en el ejercicio de la autoridad:

> A menudo veo que los señores y los Grandes de los estados se ocupan vergonzosamente en asuntos de granjeros y de comerciantes, que desvergonzadamente se dan a ocupaciones propias de artesanos, que son incapaces de atravesar una armadura con una flecha si toman el arco ni de escribir bien su nombre si toman el pincel. Ahítos los estómagos y llenos de alcohol, son gente ociosa y desentendida.

Son precisamente esos funcionarios y esos oficiales (a quienes, líneas más abajo, describe en términos de gentes «que mascullan cosas con la cabeza como metida en una nube de humo» cuando deberían estar dando agudo consejo en las juntas de Estado) muchos de los personajes que salen en el presente libro. Y es que *Consejos...* y *Los espíritus...* se complementan parcialmente: algunos de los temas que se tratan en aquél con un lenguaje formal y con un discurso conceptual, filosófico, se refieren en éste de manera directa y suelta, por medio de un discurso narrativo concreto y vívido, lleno de personajes y de gritos, de diálogos y de rencores: por medio de cuentos.

En la visión de la muerte de Yan Zhitui convergen las concepciones autóctonas chinas y las budistas y, por ello, representa él ejemplarmente el espíritu de su tiempo, un tiempo en el que se funden y se confunden gran número de creencias autóctonas chinas con las que aporta el budismo. Este pensamiento indio entró en China en el siglo I (dinastía Han posterior) siguiendo las rutas comerciales que unían al «imperio del centro» con el Asia central y se expandió por el territorio chino durante el período de Seis Dinastías gracias a la labor tanto de los misioneros budistas extranjeros como de los misioneros chinos que, tras haber aprendido sánscrito *in situ*, tradujeron textos originales al chino; y tradujeron tantos que la versión china del canon de los textos budistas, el *Tripitaka*, acabó siendo «la mayor de las existentes en cualquiera de las lenguas del mundo» y conservando «muchos libros cuyas versiones originales en sánscrito están perdidas» según Fung Yu-lan. No obstante, la entrada en China de esta nueva religión se topó con diversos obstáculos, bien de orden práctico (ejemplo: obtención de permisos gubernamentales para la construcción de templos) bien de orden filosófico (ejemplo: refutación de los letrados confucianos de que el espíritu perdure Más Allá de la muerte).

Aunque la creencia autóctona de que existe la vida Más Allá de la muerte está perfectamente documentada en numerosas obras anteriores al s. III a.C. y aunque ideas casi idénticas se hallen reformuladas en época mucho más cercana a Yan Zhitui por gente como Zong Bing (375-443), autor de una importante defensa de la existencia del espíritu Más Allá de la muerte que se titula *Discurso aclaratorio sobre el budismo*, no podemos dar por hecho que se tratara de una opinión aceptada por todos y sin cortapisas. Muchas fueron las voces que se levantaban en contra. Una de ellas había sido, en el siglo I, la del pensador Wang Chong en sus *Ensayos críticos*. Otra, más cercana cronológicamente a Yan Zhitui, era la de Fa Zhen, autor del *Discurso sobre la mortalidad del espíritu* en el año 507.

En cualquier caso, debe tenerse en cuenta que en esta tradición autóctona popular se consideraba que los muertos tenían un espíritu que permanecía cerca del cadáver al menos tres años sin perder las potencias humanas de la memoria y del conocimiento. Se consideraba igualmente que era deber de los descendientes vivos cuidar de los espíritus de varias generaciones de familiares muertos, a quienes consideraban sus antepasados, y que estos cuidados, altamente fijados en forma de ritos, tenían en las ofrendas a los espíritus su más nítida expresión social. Los espíritus que no recibían los cuidados estipulados por los ritos estaban en su derecho de protestar de mil maneras, pero también en la obligación de ayudar a los familiares cuando sí los recibían. Esto explica no sólo qué se consideraba punible (desatender los ritos) sino también por qué el castigo más horrible que podía infligirse era el de dejar a uno sin descendencia: porque, al dejársele sin nadie que pudiera ocupase de las ofrendas a su espíritu tras la muerte, se le convertía en un espíritu airado e insatisfecho.

Una muestra interesante de la importancia que tenía la vida Más Allá de la muerte no sólo para el común de los mortales sino también para nuestro autor en especial se encuentra en las costumbres y disposiciones funerarias de las gentes de entonces y de las que Yan Zhitui pidió que se hicieran en su propio entierro, tema al que dedicó el último capítulo de *Consejos...* En efecto, era costumbre acompañar el cadáver con diversos enseres funerarios que cumplían funciones varias: evitar que ladrones saqueasen la tumba; pertrechar al finado de ciertos objetos que le iban a ser útiles para que el viaje que su espíritu iba a iniciar hacia el espacio de los muertos llegase a buen puerto (*i.e.* el mapa astrológico en miniatura llamado «el tablero de las siete estrellas», *qi xing ban*); proporcionar al muerto objetos de que gustaba usar en vida para poder seguir empleándolos en el Más Allá (sus libros favoritos, por ejemplo); ayudar a que los espíritus identificasen correctamente la posición social del finado (la barra de tinta y el pincel servían para distinguir a los letrados), y, en fin, proveer al espíritu de una serie de documentos legales escritos *ex profeso* para que los leyeran los espíritus en caso de necesidad.

De entre estos documentos, los contratos enterrados pueden servirnos de ejemplo para nuestro propósito. En efecto, se enterraba al muerto con el contrato de la compra de la parcela de terreno en que se le sepultaba. Tal documento era útil sólo en el Más Allá (carecía de validez legal en el mundo de los vivos) y el finado podía presentarlo ante jueces-espíritu en el caso de que algún otro espíritu deseara hacer uso de su parcela, o en el caso de que surgieran litigios de la propiedad territorial y el espíritu del finado necesitara dar pruebas de que aquel terreno le pertenecía con todas las de la ley. Se ve aquí, por lo tanto, cómo en tiempos de Yan Zhitui no sólo se creía en la vida de los espíritus en el Más Allá sino también cómo se tenía una idea, bastante detallada, del funcionamiento de la sociedad de los espíritus. Funcionaba según la misma estructura burocrática que se había establecido entre los vivos.

Pasemos ahora al budismo. La creencia budista de que existe la vida espiritual *post-mortem*, de que existe un alma individual (sánscrito: *atman*), conforma uno de los pilares de la doctrina. Sin dicha creencia, ideas como la de reencarnación o de *karma* serían inconcebibles. No cabe extenderse en pormenores acerca del budismo, mas sí señalar que esta creencia budista es paralela y semejante a la autóctona china en ciertos aspectos, y que es precisamente esta semejanza lo que facilitó que la mente popular —e intelectual, como se ve en Yan Zhitui— sintonizase con las enseñanzas budistas sobre el Más Allá.

Pero no todo son coincidencias entre estas creencias. Uno de los muchos puntos que las diferencia, y que es conveniente destacar ahora, es que para el budismo no hay duda ninguna de que el alma de los muertos viaja al Más Allá y de que allá era juzgada por unos jueces según lo que hubiera hecho en vida, castigándola o premiándola en consecuencia. La idea del alma castigada o premiada según las buenas o malas obras hechas en vida no existía tal cual en la forma de pensar autóctona pre-budista, pero tampoco creó reparos insalvables en esa mentalidad china que creía desde hacía siglos en un Cielo que quita o que da y en unos espíritus de los antepasados que fastidian o que ayudan según se les atienda de bien o de mal. Los reparos, no obstante, existieron, y surgían en el momento en que había que decidir en base a qué códigos se resolvía si tal o cual acto debía ser castigado o premiado, pues los códigos budistas no coincidían, al menos a su llegada a China, con los códigos autóctonos.

Sin embargo, estas dificultades iniciales ya estaban más o menos superadas en tiempos de Yan Zhitui. Si hay una idea que defina el período de las Seis Dinastías tal vez sea la de amalgama, amalgama de ideologías y de tradiciones. Por una parte, se dan amalgamas entre la escuela confuciana y la taoísta ya desde la dinastía Han posterior (un ejemplo entre muchos sería el del filósofo Ge Hong, de quien hablamos más abajo). Por otra, también se dan fusiones entre las tradiciones confuciana y taoísta con la budista. Esto sucede especialmente a partir del siglo V, que es cuando el número de traducciones al chino de obras budistas ya es grande y cuando, en consecuencia, esta doctrina de origen indio se ha expandido por China. Este amalgamarse de las escuelas de pensamiento explica la existencia de obras en chino que se han calificado de confuciano-taoístas, como pueda ser el *Libro de la paz universal*, o de obras budo-taoístas, como puedan ser el *Sutra de la retribución kármica* o el *Sutra de las causas y de los efectos*, que datan del siglo de nuestro autor, o el *Sutra de la retribución*, traducido al chino por Gunabhadra hacia el año 450.

Uno de los factores más importantes de la doctrina budista fue la difusión del respeto por la vida, el aborrecimiento por el matar. No obstante, sería erróneo pensar que dicho respeto por la vida era una idea inexistente en la China pre-budista. La idea de preservar la vida propia al máximo existe desde los inicios del taoísmo y se desarrolla extraordinariamente a partir de la dinastía Han posterior en forma de búsqueda de la inmortalidad por medios muy concretos: la alquimia, las dietas y los ejercicios físico-respiratorios y sexuales. Una de las obras canónicas en que se defiende esta idea del respeto por la vida es el *Libro de la paz universal*, obra inclusa en la tradición confuciano-taoísta de la dinastía Han.

Todos estos ejemplos significan que, una vez más, no podría sostenerse que la preocupación que muestra nuestro autor por el respeto a la vida sea puramente budista: sería, más bien, producto de esta fusión de tradiciones e ideologías de la que venimos hablando. Además, debe tenerse en cuenta que en el presente libro ni se denigra ni se critica filosóficamente el matar, como hace el budismo, sino que más bien se presta atención a los casos de violación del principio del respeto por la vida en la esfera de lo social y de lo político, pues la mayoría de los cuentos están protagonizados por personajes que ocupan cargos políticos de importancia. En esta acusación social del desbarajuste injusto con que se mata podría verse una actitud eminentemente confuciana de preocupación por los problemas del Estado y de sus encargados, así como por la sociedad que éstos debían regir. Desde esta perspectiva, Yan Zhitui no sería tanto (o sólo) un budista y, en consecuencia, pacifista a ultranza como un funcionario desesperado ante el desorden de los crímenes impunes y gratuitos que le tocó presenciar en su tiempo, un hombre desesperado ante la mala administración o el mal uso de la muerte que ante la muerte misma.

El tercer tema nuclear de *Los espíritus...* es el de la justicia y su aplicación. Como acabamos de ver, el budismo y la tradición autóctona poseían conjuntamente la idea de un Más Allá poblado de espíritus; también compartían la idea de que los espíritus estaban organizados burocráticamente, de suerte que veían que el espacio de los muertos estaba vertebrado por un cuerpo de funcionarios y de oficiales organizados según cierta jerarquía y con alguien que, a la cabeza de toda ella, poseía poderes supremos.

Los cuentos de Yan Zhitui ofrecen una amplia gama de personajes de la burocracia tanto del más acá como del Más Allá, mezclan en un mismo mundo, en un mismo relato, a los notarios imperiales y a los prefectos históricos con su contrapartida espectral, con los espíritus del Más Allá que ocupan puestos paralelos. A la cabeza de ambas estructuras administrativas sitúa nuestro autor a un personaje con poderes máximos al que se suele llamar «el Señor de lo Alto», si hablamos de lado de allá, cuyo envés sería la máxima Divinidad, es decir, el Emperador situado en el Cielo. En esto, el lado de allá parece el reflejo, duplicado en un espejo, del lado de acá.

Pero el reflejo no es totalmente exacto, hay puntos en que difieren. Para ver uno de los aquí relevantes con mayor nitidez, tomaremos el ejemplo de dos personajes propios del Más Allá en sus respectivas civilizaciones: el rey Yama, de origen indio, y Siming, el Señor de las Vidas, de origen chino. Mientras que el rey Yama cumplía en la tradición hindú el papel de «señor del mundo subterráneo y de registrador de las acciones de cada persona durante la vida», el Señor de las Vidas aparece en la tradición autóctona cumpliendo la tarea de registrar la duración de la vida de las personas y la de «llamarlas» cuando se les hubieran gastado los años de vida que el Cielo les hubiese concedido. Es decir: mientras que el rey Yama se ocupa de decidir si un determinado espíritu ha de recibir castigo o no, si ha de dejarle en las prisiones subterráneas o permitirle que se reencarne en un ser más elevado, el Señor de las Vidas se limita a «llamar» a las personas cuando les llega su momento. El primero juzga, el segundo no.

Si avanzamos en el tiempo y leemos, en el siglo IV, el *Libro del maestro que abrazó la simplicidad* de Ge Hong (281 – 341), cuando el budismo lleva más de dos siglos en China, un libro perteneciente a un autor en principio adscrito a la tradición confuciana en sus escritos «sociales y públicos (*waipian*)» y a la taoísta en sus textos «privados e íntimos (*neipian*)», veremos que el Señor de las Vidas se ocupa ahora, también, de registrar los informes acerca de las buenas y malas obras que haya cometido la persona en cuestión que le proporcionan los espíritus llamados «los tres cadáveres (*san shi*)», así como de restar una cantidad claramente fijada de años de vida por aquéllas o de agregárselos por éstas. Es decir: el Señor de las Vidas comienza, él también, a juzgar. Y si proseguimos uno o dos siglos más y nos detenemos en los textos en los que se canta lo que vio Mulian en el espacio de los espíritus de los siglos V, VI (tiempos de Yan Zhitui) y siguientes, percibiremos que las diferencias entre el rey Yama y el Señor de las Vidas se han desvanecido.

Pues bien, la misma fusión de códigos y de funciones que se da entre el rey Yama y el Señor de las Vidas caracteriza esencialmente al libro que presentamos. Yan Zhitui, budista declarado en cuestiones espirituales y confuciano en cuestiones socio-guber-namentales, nos ofrece un libro en el que tanto los espíritus como los hombres matan y degüellan y apuñalan, pero por razones diferentes —que el lector descubrirá por sí mismo—. Aunque sea probable que esta concentración de asesinatos, esta obsesión de Yan Zhitui por el matar le venga de los preceptos budistas, no debemos pasar por alto que el respeto a la vida y a su conservación era una idea existente en la China previa a la llegada del budismo, como hemos señalado más arriba. Por lo tanto, estaríamos ante un confuciano que expresa esta forma suya de ver la vida y la muerte tan afín al budismo por medio de un concepto propio de la tradición autóctona: los espíritus.

Lo interesante es que estamos asistiendo a un ejemplo de cuán porosas son las dos culturas, de fusión de las dos civilizaciones, de formación de una tradición china en la que las creencias autóctonas antiguas se están juntando con las foráneas, llegadas hace cuatro siglos.

El discurso en que se vierten los tres temas repasados y todos aquellos que se nos han quedado en el teclado, es el de la corriente llamada en chino *zhiguai xiaoshuo*: la literatura extraordinaria, los relatos fantásticos o de sucesos extraordinarios. Es una corriente, cuyas primeras manifestaciones se han rastreado en ciertos párrafos de *Los comentarios de Zuo*, que cobra cuerpo y auge tanto cuantitativa como cualitativamente en el período de Yan Zhitui y que se puede caracterizar someramente diciendo que se compone de libros que registran mil clases de hechos raros (plantas que hablan, vacas que alumbran niños, espíritus de muertas que tienen comunicación conyugal con sus maridos vivos, personas con características inauditas y costumbres populares propias de tribus impensables de lejanas tierras y perdidas islas) con la mayor normalidad y objetividad imaginable, más al estilo de un fehaciente reportaje que de una novelas de ficción.

El motivo de hacer tales registros estaba originariamente conectado con dos asuntos. Primero, con el del deseo del gobierno de tener conocimiento de hechos que no figuraban en las Historias Dinásticas oficiales pero de los cuales debía estar al tanto a pesar de que se tratase de información hecha de rumores y de historias que circulaban oralmente por los pueblos, historias de cuya recopilación y transmisión se encargaba el «Departamento de las Historias (*bai guan,* lit.: «Departamento de los Cereales»)». Segundo, con la creencia de que el Cielo transmitía mensajes a los hombres por medio de este tipo de sucesos inusuales. La cadena era como sigue: los sucesos ocurrían en cualquier parte del imperio, los gobernadores y otros miembros de la administración provincial se ocupaban de apuntarlos y de enviarlos documentalmente (con fechas, nombres exactos de los testigos y demás datos fidedignos) al gobierno central, y allí pasaban a manos del gran astrólogo, quien decidía si eran aceptables como tales mensajes celestiales o no según sus propios cálculos y quien, si lo eran, los transmitía al gran historiador para que los incorporara a la Historia Dinástica oficial.

Esta serie de fragmentos en que se apuntaban los hechos extraordinarios acabó por formar un corpus textual de notable volumen entre la dinastía Han posterior (25-220) y la dinastía Tang (618-907). Con el paso del tiempo y el cambio de la mentalidad que éste acarrea, los textos fueron perdiendo su papel original: se fue diluyendo su fuerte carga histórica, de suerte que estas noticias pasaron a considerarse relatos extraños o hechos maravillosos que no faltaban a la verosimilitud. Al finalizar el período de las Seis Dinastías, la corriente se prolonga durante la Tang con las novedades —con frecuencia calificadas de insuperables— de que hay más lugar para la imaginación, de que las tramas abandonan la simplicidad casi noticiera propia de siglos anteriores y de que se busca una belleza lingüística secundaria antes. Desde la dinastía Song en adelante (960-1.279), la corriente parece ir decayendo en calidad hasta que resurge a finales del

XVII con el autor al que se considera el maestro de la literatura extraordinaria china: Pu Songling; en sus cuentos, la Literatura ya está mejor diferenciada de la Historia.

Los relatos de Yan Zhitui se asemejan y se diferencian de los que los preceden en su misma tradición. En cuanto a las semejanzas, podemos recordar: a) el presentar los hechos extraordinarios de una manera que cualquier coetáneo podría comprender sin que dudase de su veracidad, y b) el dar por sentado que la realidad estaba compuesta por la suma del espacio de los vivos más el espacio de los espíritus, formando una unidad de dos elementos que, por mucho que nos lo pudiera parecer, ni estaban separados ni se excluían: eran uno: la realidad.

En cuanto a las diferencias, podemos señalar varias. La primera es lo monográfico del tema en *Los espíritus...*, este centrarse suyo en el asunto de los asesinatos y de los espíritus que retornan cuando lo común en los libros precedentes era el registrar casos extraordinarios de mil clases. Esto concentra el discurso en torno a la idea de la justicia y del asesinato, lo cual es ciertamente inusual en la tradición de los relatos extraordinarios.

El segundo es que el presente libro admite que la coexistencia del espacio de los vivos y el de los muertos no sólo puede dar lugar a sucesos anodinos para los personajes implicados —como sucedía en la tradición, donde pocos son los personajes que se vean atacados o dañados por humanos—, sino también y *sobre todo* que da lugar a sucesos asesinos entre humanos. Dichos crímenes perpetrados por los hombres en plena posesión de sus facultades mentales, a su vez, facilitan la compensación de las balanzas gracias a la intercesión del factor *espíritus*. Este libro concede a los espíritus *de los que han sido muertos por sus congéneres* el derecho a regresar al mundo de los vivos a concluir ciertos negocios y otorga a los espíritus de las personas muertas una relevancia de la que carecen en libros precedentes, quedando estos espíritus caracterizados con rasgos plenamente humanos, propios del hueso y de la carne. Tal vez el más destacable de estos rasgos sea el del deseo de la venganza en justicia por la necesidad íntima de la venganza o, tal vez, porque fuese la única vía para que se hiciera justicia según se la entendía entonces. Este deseo, por lo demás, no viene sancionado negativamente sino aceptado tal cual es, tal cual actúa en el corazón de los hombres y en el de los espíritus. Porque ambos sentían igual.

El tercero es que el papel de estos textos no coincide totalmente con el de sus predecesores. La escritura de estos cuentos no se explicaría ya en términos de transmisión de información a la administración central de posibles extraños sucesos y de mensajes celestiales detectados en las periferias del imperio para su desciframiento. El destinatario era otro. Quién fuera éste exactamente es algo que no estamos en disposición de afirmar categóricamente. En primer lugar, el público alfabetizado de entonces no sobrepasaba, según Balázs y Maspéro, el cinco por ciento de la población, lo cual reduce el número de lectores potenciales a las escasas personas instruidas. Pero, en segundo, cabe la posibilidad de que se tratase de textos destinados a la recitación oral ante un público iletrado, con lo cual el público potencial se multiplica considerablemente, y de que se empleasen estos textos de un modo similar a como se empleaban los «textos transformables», que eran una suerte de guiones de que se ayudaban ciertos narradores budistas para ir comentando ciertas imágenes que, pintadas en seda o tela, ilustraban la historia narrada ante un público analfabeto. En tercero, en fin, cabe la posibilidad de que el destinatario de estos textos fuera precisamente el grupo de hombres más aludidos en ellos mismos, es decir, los funcionarios de la administración; no debemos olvidar que Yan Zhitui critica en este libro la actitud despótica de muchos altos cargos.

NOTAS AL ESTUDIO INTRODUCTORIO

«Yan Zhitui (c. 531 - 595)...». Sobre la familia de Yan Zhitui y su vida hay detallada información en Dien (1962a y 1962).

«China atraviesa ...». Sobre la situación de China en aquella época, la llamada «barbarización de China», se halla una descripción global y detallada en Maspéro, E., y Balázs, E. (1967: 81-157), y Franke, H., y Trauzettel, R. (1968: 108-140). Nuestro párrafo es resumen de dichas páginas.

«...«sumida en la desolación»...». Maspéro y Balázs (1967: 153).

«...el emperador Wu de Liang...». Hay más información respecto a él en Liebenthal (1952: 376). Dicho sinólogo traduce varias páginas de los comentarios de tenor budista debidos al mentado emperador.

«...dio orden en el día del cumpleaños de Gautama Buda del año 504 (...) y de que se destruyesen templos taoístas (...). Recibió nombres como «el emperador Buda» o «el Buda hijo del Cielo»...» Tomamos esta información del excelente librito de Wright (1959: 51) acerca del contexto cultural a la llegada del budismo a China y de cómo penetró esta religión en dicho país.

«... iniciasen en el 505 un rito...». Según sostiene Wang (1992: 162-3), citando la obra *Fozu tongji*, capítulo 33.

«... escribió hacia el final de su vida». Así lo sostiene Dien (1962: 44).

«... *Las obras maestras de todas las escuelas*...». Nos referimos a *Zhuzi jicheng*.

«La primera referencia documental...», toda esta parte es resumen de Dien (1968: 212-217).

«*El bosque de las joyas de la doctrina*...» Es decir, *Fayuan zhulin*.

«*Recopilación de los Años de la Paz Universal*»...». Hablamos de *Taiping guangji*.

«...*Indagaciones*...». Se trata de *Soushenji*.

«La visión del mundo de Yan Zhitui...». Sobre una visión de la vida desde el punto de vista del confucianismo Yü (1964/5: 81), y lo mismo, pero desde el punto de vista de la religión popular, en la página 101 y ss.

«...como él mismo afirma...». La cita está tomada del libro III de los *Consejos*...

«...que mana directamente de los clásicos confucianos...», según Dien (1962: 49). Este modelo de comportamiento viene de las obras de Confucio y Mencio fundamentalmente. Es una conducta que concede extremada importancia a comportarse según lo estipulado en los ritos (o reglas de comportamiento y de ética social) y a los deberes que cada individuo debe cumplir con el Estado y la familia.

«...la visión de la muerte de Yan Zhitui convergen las concepciones autóctonas chinas y las budistas...». Una excelente exposición cronológica de la idea de muerte en la China antigua: Seidel (1987). Acerca de los diferentes puntos de vista sobre la muerte según el budismo, el taoísmo y las creencias autóctonas anteriores a la dinastía Han: Kohn (1988: 2-3). Especificaciones sobre la muerte desde el punto de vista confuciano pueden verse en Campany (1991) y Loewe (1979: 83).

«... la perdurabilidad del espíritu Más Allá de la muerte...«. Sobre la discusión de si el espíritu muere con el cuerpo o no, *vid.* Zürcher (1972). Su análisis de la llegada del budismo a China, detalladísimo, abarca hasta el siglo IV. Para tener una visión más general del budismo en China, desde su llegada hasta las últimas dinastías, véase Ch'en (1964; 1973) y Wright (1959). En cuanto a la discusión en concreto sobre la inmortalidad del espíritu, en Liebenthal (1952: 331, 338 y ss.) encontrará el lector gran cantidad de textos traducidos al inglés. Fung (1933, I: 285 y ss.) da un excelente resumen de los puntos en discusión, así como Ch'en (1964:138-42).

«…según Fung Yu-lan …». La cita está en Fung (1933, vol. 2: 239).

«…en numerosas obras anteriores al s. III a.C…». Sólo cuatro muestras: 1.ª) *Los ritos de los Zhou (Zhouli)*, capítulo Chunguan, parte Dazunbo; 2.ª) *Poemas del reino de Chu (Chuci)*, capítulo «Las nueve canciones, *jiu ge*»; 3.ª) el clásico de filosofía *Libro del maestro Mo (Mozi)*, cuyo capítulo «aclaraciones sobre los espíritus, Ming gui» defiende la existencia de éstos y aporta varios relatos de espíritus en acción, y, 4.ª) la obra *Los comentarios de Lü al libro «Primavera y Otoño» (Lüshi Chunqiu)* capítulo 22, que es donde aparece el primer caso documentado del espíritu de un muerto con intenciones malvadas.

«*Discurso aclaratorio sobre el budismo*». Mingfo lun.

«*Ensayos críticos*». Lunheng, capítulos del 62 al 65 ambos inclusive.

«*Discurso sobre la mortalidad del espíritu*». Shenmie lun, *vid.* Liebenthal (1952 : 328, nota 2).

«…espíritu volátil (los antepasados)…». La bibliografía sobre los ancestros en tanto espíritus es enorme. Baste decir que, en la que citamos, hallará el lector perspectivas históricas, religiosas e ideológicas conexas con el hecho de que los ancestros o los antepasados eran uno de los pilares de la civilización de la China antigua y moderna. Allan (1991) explora las raíces más antiguas del asunto. Hawkes (1959: 56) analiza este tema según aparece en la obra *Poemas del reino de Chu (Chuci)*, capítulo «Preguntas al Cielo, Tianwen»). Cohen (1978: 259) y Campany (1991: 32) relacionan los espectros de los antepasados con la literatura de las Seis Dinastías. Keightley (1978), Yang (1957: 302) y Loewe (1982: 17 y 140) estudian las derivaciones de esta creencia en los usos funerarios, empleando abundante material arqueológico. Finalmente, Wu (1982: 16-20) hace un resumen de todo ello basado en clásicos chinos.

«…en la obligación de ayudar a los familiares cuando sí los recibían…». Un temprano ejemplo se halla en *Los comentarios de Zuo (Zuozhuan)*, duque Zhao, año séptimo. *Los comentarios de Zuo* consiste en una serie de fragmentos de contenido histórico en los que Zuo comenta, párrafo a párrafo, la obra de historia del estado de Lu atribuida a Confucio titulada *Primavera y Otoño (Chunqiu)*, algunas veces traducida por *Los anales del estado de Lu*. Dicha obra atribuida a Confucio es uno de los Clásicos más importantes de la civilización China.

«…al no haber nadie que pudiera ocupase de los ritos para uno». Ejemplo: *Historia (Shiji)* de Sima Qian, capítulo «Pangeng».

«…disposiciones funerarias generales …». Acerca del punto de vista confuciano sobre los entierros: Fung (1933, I: 345 y ss.). Sobre funerales en general, Loewe (1982: 114 y ss.). Sobre los motivos y los significados de enterrar objetos en las tumbas, Loewe (1979: 80 y ss.), Chen (1989). En su temprano artículo, Hall (1935) se centra en el significado de enterrar espejos como utensilios funerarios.

«…último capítulo de *Consejos*». Dien estudia este capítulo en (1995).

«…el viaje que su espíritu iba a iniciar hacia el espacio de los muertos…». Una exposición general sobre este viaje del espíritu se halla en Loewe (1982: 26, 31, 117, y todo el capítulo 10); Hawkes (1967) se centra en el aspecto chamanístico del asunto, tal como aparece en *Poemas del reino de Chu (Chuci)*. Este viaje chamanístico tiene grandes concomitancias con el pensamiento budista, que analiza Teiser (1988: 140-167).

«…los contratos enterrados…». Sobre el tema de contratos enterrados en tumbas hay bastantes estudios. Una referencia temprana se halla en Maspéro (1950: 158-9, nota 43). Cinco años después, Hulsewé publicó «Textos en tumbas» (1965). Varias de las mejores indagaciones son: Stein (1979) y Chen (1989). Yü (1987) y Seidel (1987) estudian la conexión de estos textos con la muerte y la inmortalidad del espíritu. Hansen (1995) se centra en los contratos más recientemente hallados, en su validez legal y en sus contenidos exactos. Y Dien (1995) analiza las disposiciones que Yan Zhitui dejó escritas al respecto de qué se debía incluir en su ataúd.

«…de la doctrina…». Tanto Birnbaum (1985/6: 161 y ss.), como Teiser (1988), tanto Loewe (1979: 16) como Liebenthal (1952: 336) y Kohn (1988), entre otros, coinciden en subrayar lo fundamental de la creencia budista en un Más Allá poblado de espíritus.

«*Sutra de la retribución del karma*, *Sutra de la retribución* y *Sutra de las causas y de los efectos*…». Estamos refiriéndonos a *Yinyuan jing, Baoyin jing* y *Yingguo jing*, respectivamente, que analiza Kohn (1988) detalladamente.

«… desde los inicios del taoísmo…». Recuérdese, por ejemplo, la conocida anécdota de cuando el primer emperador que unificó China en la dinastía Qin, el emperador Shihuang, influido por las ideas taoístas, despachó emisarios en busca de las plantas de la inmortalidad a la isla de Penglai. Tal hecho histórico está fielmente registrado por Sima Qian en *Historia (Shiji)*.

«Libro de la paz universal». Se trata de *Taiping jing*. Recuérdese que, por ejemplo, en su capítulo 67, al enumerarse «las cuatro faltas», se cita en segundo lugar la de «no procrear», pues al no procrear se está acabando con la vida, que según esta obra es algo que debe fluir ininterrumpidamente por el mundo y las edades. Para los que deseen ver un análisis de la ideología de esta obra, recomendamos Kaltenmark (1979).

«…los códigos autóctonos …». Sobre esto, ver Wu (1982: 16), quien declara abiertamente que las ideas del infierno en que se castiga a los espíritus y del paraíso en que se premia a los espíritus son definitivamente ideas inexistentes en los códigos autóctonos chinos previos a la llegada del budismo a comienzos del s. I.

«…semejante a la autóctona china en ciertos aspectos…». En Teiser (1988: 168-170) se encuentra una clara exposición de en qué consisten estas semejanzas, semejanzas que él relaciona con el chamanismo. Zürcher (1980: 146 y ss.) analiza el proceso de amalgama entre ideas autóctonas budistas y taoístas.

«Libro del maestro que abrazó la simplicidad». Es *Baopuzi*.

«… lo que vio Mulian…». Mulian es el nombre chino de un conocido personaje de relatos orales budistas indios. Originariamente se llamaba Maudgalyāyana. Teiser (1988) dedica todo su libro a analizar las raíces indias de este personaje en conexión con su «versión china», así como el porqué y el cómo de su arraigo en la religión popular durante Seis Dinastías. La historia de Mulian, dicha en dos palabras, narra cómo este buen hijo va en espíritu hasta el mundo de los espíritus a buscar a su madre, ya muerta, la cual ha sido castigada a las prisiones subterráneas por no haber obrado debidamente en la vida; cómo Mulian intenta rescatarla de los suplicios a que se la está castigando, y cómo y porqué los jueces máximos —divinidades budistas— le niegan tal rescate. En la historia se mezclan conceptos tradicionales autóctonos como la piedad filial confuciana, que es el deseo que mueve a Mulian a intentar rescatar a su madre, o como el viaje espiritual de los chamanes al Más Allá, pues Mulian viaja al Más Allá en espíritu. El lector tiene una traducción al inglés de este relato oral en Mair (1989: 87-121).

«…el rey Yama …». Sobre su función en varias culturas asiáticas, ver Matsunaga (1969: 34-48).

«…el Señor de las Vidas …». Un mero ejemplo es *Poemas del reino de Chu (Chuci)*, «Las nueve canciones, *Jiuge*», «El gran señor de las vidas, *Da Siming*» y «El segundo señor de las vidas, *Xiao Siming*».

«…el rey Yama se ocupa de decidir si…». Nos interesa enfatizar este poder para juzgar del rey Yama, poder que explícitamente formula Birnbaum (1985/6: 156) al decir que «en el mundo de los espíritus, el rey de la Ley (Yama) sopesa las buenas y las malas obras de la persona en cuestión y emite su juicio en consecuencia» (traducido para la ocasión).

«…se les hayan gastado los años de vida que el Cielo les hubiese concedido …». Se consideraba que la duración vida de cada persona estaba predeterminada desde el nacimiento. De ahí que, en muchos cuentos, aparezcan frases que subrayan que un hombre muere antes de que su vida hubiese llegado a su término natural. Una vida lograda era aquella que colmaba justamente el período de tiempo que le había donado el Cielo, una vida que no quedaba cortada antes de tiempo. Sobre este concepto de «la duración de la vida que concede el Cielo, *ming*», fundamental en la civilización china, hay abundantes estudios. Recogemos algunos representativos: Waley (1955), Yü (1964-5: 112). Birnbaum (1985/6: 144, 161-166) estudia especialmente cómo se integró esta idea en la doctrina budista. También muy interesantes son Loewe (1982: 150-1) y, sobre todo, Hsu Cho-yun (1975).

«…«los tres cadáveres (san shi)»…». Ge Hong, en el capítulo 6 del *Libro del maestro que abrazó la simplicidad (Baopuzi)*, habla de estos «tres cadáveres» y de su función, la cual, por cierto, es semejante a la de la «deidad del hogar, *zao shen*», quien informa de todas las malas obras que comete un hombre al Señor de las Vidas para que éste, en consecuencia, castigue a aquél restándole años de vida.

«…la corriente de la literatura extraordinaria …». Sobre la literatura de casos extraordinarios desde los orígenes hasta Tang, ver Campany (1994) y DeWoskin (1977); sobre el empleo de este tipo de discurso con contenidos budistas: Georgieva (1996). Otros artículos interesantes sobre el asunto de qué es lo extraordinario son los de Smith (1994); Russell (1994) y, especialmente, Feng y Shyrock (1935: 9). Hay un libro muy recomendable que estudia esta corriente retrospectivamente, empezando por Pu Songling:

el de J. Zeitlin (1993). En castellano, puede leerse una amplia antología de relatos fantásticos o extraordinarios de todas las dinastías en *Cuentos fantásticos chinos* (Cátedra, Madrid, 2023).

«… *Los comentarios de Zuo*…». *Zuozhuan*.

«…el Departamento de las historias (*bai guan*)…». No sabemos que se haya establecido con total seguridad cuál sea el origen y el motivo del nacimiento de los fragmentos en prosa de tema extraordinario. Una de las tesis más aceptadas es la de que estos fragmentos venían a suplir información que había quedado fuera de las Historias Oficiales porque los historiadores carecían de elementos suficientes como para asegurarse de su veracidad. La historicidad de los textos de la corriente de la literatura extraordinaria es un asunto tratado por Lu (1994) a lo largo de todo su libro, y en particular en las páginas 14-15 y 42-43. Este Departamento se ocupaba de recopilar estas historias y de transmitirlas al Departamento competente en el Gobierno central.

«El motivo de hacer estos registros…». Bielenstein es tal vez quien más haya estudiado en Occidente el asunto de la transmisión de los registros de hechos extraordinarios, su posterior empleo político y su influencia en la política imperial en sus artículos (1950), (1978) y (1984).

«…textos destinados a la recitación oral…». La idea es de Cohen (1982: xiv).

«…los «textos transformables»…». Nos referimos a los *bianwen*, estudiados en Occidente por Hrdlicková (1958) y por Mair (1983) y (1989), entre otros.

BIBLIOGRAFÍA DEL ESTUDIO INTRODUCTORIO

ALLAN, S.: (1991) *The Shape of the Turtle: Myth, Art, and Cosmos in Early China*, State University of New York Press, Albany.

BIELENSTEIN, H.: (1950) «An interpretation of the portents in the Ts'ien-Han-shu», *Bulletin of the Museum of the Far Eastern Antiquities* (22), Estocolmo.

— (1978) «Is there a Chinese Dynastic Cycle?», *Bulletin of the Museum of the Far Eastern Antiquities* (50), Estocolmo.

— (1984) «Han portents and prognostications», *Bulletin of the Museum of the Far Eastern Antiquities* (56), Estocolmo.

BIRNBAUM, R.: (1985/6) «Seeking Longevity in Chinese Buddhism: Long Life Deities and their Symbolism», *Journal of Chinese Religions* (13/14).

CAMPANY, R. F.: (1991) «Ghosts Matter: The Culture of Ghosts in Six Dynasties *Zhiguai*», *Chinese Literature* (13).

Campany, R. F.: (1994) *Strange Writing*, SUNY, N. York.

CH'EN, K.: (1964) *Buddhism in China: A Historical Survey*, Princeton UP, Princeton.

— (1973) *The Chinese Transformation of Buddhism*, Princeton UP, Princeton.

CHEN, Guocan.: (1989) «The Worship of Daoist Celestial Deities in the Kingdom of Gaochang: a Study in Burial Customs», *Early Medieval China* (5), 1999. Traducción de V. Cunrui Xiong.

COHEN, A.: (1978) «Coercing the Rain Deities in ancient China», *Journal of the History of Religions* (17), 3-4, University of Chicago Press, Chicago.

— (1982) *Tales of Vengeful Souls*, Institut Ricci, Taipei – París – Hong-Kong.

DEWOSKIN, K.: (1977) «The Six Dynasties *chih-kuai* and the Birth of Fiction», en Plaks (ed.) *Chinese Narrative*, Princeton UP, Princeton.

DIEN, A. E.: (1962) «Yen Chih-t'ui (531-591+): a Buddho-Confucian» en A. F. Wright y D. Twitchett (eds.) *Confucian Personalities*, Stanford UP, Stanford.

— (1962a) «Yen Chih-t'ui (531-591+): His Life and Thought», tesis doctoral sin publicar, consultable en microfilm, Stanford University Microfilm Services, Berkeley.

— (1968) «The *Yüan-hun chih (Accounts of Ghosts with Grievances)*: A Sixth-century Collection of Stories», en Chow Tse-tsung (ed.) *Wen-Lin: Studies in Chinese Humanities*, University of Wisconsin Press, Madison.

— (1995) «Instructions for the Grave: The Case of Yan Zhitui», *Cahiers d'Extrème Asie* (1995).

FENG, H. Y. y SHYROCK, J. K.: (1935) «The Black Magic in China Known as *Ku*», *Journal of the American Oriental Society* (55).

FRANKE, H., y TRAUZETTEL, R.: (1968) *El imperio chino*, Siglo XXI, Madrid, 1993.

FUNG, Yu-lan (1933) *A History of Chinese Philosophy, 2 vols.*, Princeton UP, Princeton, 1952-3. Traducción de D. Bodde.

GEORGIEVA, V.: (1996) «Representation of Buddhist Nuns in Chinese Edifying Miracle Tales During the Six Dynasties and the Tang», *Journal of Chinese Religions* (24).

HALL, A. R.: (1935) «The Early Significance of Chinese Mirrors», *Journal of the American Oriental Society* (55).

HANSEN, V.: (1995) «Why Bury Contracts in Tombs?», *Cahiers d'Extrême Asie* (1995).

HAWKES, D.: (1959) *Ch'u Tz'u. The Songs of the South*, Clarendon Press, Oxford.

HRDLICKOVÁ, V.: (1958) «The First Translation of Buddhist Sutras in Chinese Literature and their Place in the Development of Storytelling», *Archiv Orientální* (26).

HSU Cho-yun.: (1975) «The Concept of Predetermination and Fate in the Han», *Early China* (1).

HULSEWÉ, A. F. P.: (1965) «Texts in Tombs», *Asiatische Studien* (18-19).

KALTENMARK, M.: (1979) «The Ideology of the T'ai-p'ing ching», en Welch, H. y Seidel, A.: *Facets of Taoism*, Yale UP, N. Haven y Londres.

Keightley, D. N. : (1978) «The Religious Commitment: Shang Ideology and the Genesis of Chinese Political Culture», *Journal of the History of Religions* (17).

KOHN, L.: (1988) «Steal Holy Food and come back as a Viper: Conceptions of Karma and Rebirth in Medieval Daoism», *Early Medieval China* (4).

KOHN, L.: (1988) «Steal Holy Food and come back as a Viper», *Early Medieval China* (4).

LIEBENTHAL, W.: (1952) «The Immortality of the Soul in Chinese Thought», *Monumenta Nipponica* (8).

LOEWE, M.: (1979) *Ways to Paradise: the Chinese Quest for Immortality*, George Allen & Unwin, Londres.

— (1982) *Chinese Ideas of Life and Death*, George Allen & Unwin, Londres.

LU, S. Hsiao-Peng.: (1994) *From Historicity to Fictionality*, Stanford UP, Stanford.

MAIR, V.: (1983) *T'ang Transformation Texts*, Harvard-Yenching Monograph Series. Harvard UP, Cambridge (Mass.).

MAIR, V.: (1989) *Tun-huang Popular Narratives*, Cambridge UP, Cambridge.

MASPÉRO, E.: (1950) *Le Taoïsme*, en *Les religions chinoises*, Civilisations du Sud, París.

MASPÉRO, E., y BALÁZS, E.: (1967) *Histoire et institutions de la Chine ancienne*, PUF, París.

MATSUNAGA, A.: (1969) *The Buddhist Philosophy of Assimilation: The Historical Development of the Honji-Suijaku Theory*, Tuttle & Co., Rutland.

MORI MIKISABURO (1956) *Ryo no Butei*, Kyoto (editorial sin detallar).

RUSSELL, T. C.: (1994) «Revolution and Narrative in the *Zhoushi mingtongji*», *Early Medieval China* (1).

SEIDEL, A.: (1987) «Post-mortem immortality or the taoist resurrection of the body», en Shaked, S. *et alii* (eds.) *Gilgul*, E. J. Brill, Leiden.

SMITH, T. E.: (1994) «Where Chinese Administrative Practices and Tales of the Strange Converge: The Meaning of *Gushi* in the *Han Wudi Gushi*», *Early Medieval China* (1).

STEIN, R. A.: (1979) «Religious Taoism and Popular Religion from the Second to the Seventh Centuries», en Welch y Seidel (eds.).: *Facets of Taoism*, Yale UP, N. Haven.

TEISER, S. F.: (1988) *The Ghost Festival in Medieval China*, Princeton UP, Princeton.

WALEY, A.: (1955) *The Nine Songs*, George Allen & Unwin, Londres.

WANG, Jinglin.: (1992) *Shengui di moli* [*La fuerza de los espíritus*], Ed. Sanlian, Pekín, 1996.

WU, K. C.: (1982) *The Chinese Heritage*, Crown, N. York.

WRIGHT, A. F.: (1959) *Buddhism in Chinese History*, Stanford UP, Stanford.

YANG, Ching-shuang.: (1960) «方相士于大儺» [Los expulsadores de lo malo y el ceremonial del *danuo*], *Bulletin of the Institute of History and Philology, Academia Sinica* (31).

YÜ YING-SHIH.: (1964-5) «Life and Immortality in the Mind of Han China», *Harvard Journal of Asiatic Studies* (25).

ZEITLIN, J.: (1993) *Historian of the Strange*, Stanford UP, Stanford.

ZÜRCHER, E.: (1959) *The Buddhist Conquest of China, 2 vols.*, J. E. Brill, Leiden.

Zürcher, E.: (1980) «Buddhist Influence on Early Taoism: A Survey of Scriptural Evidence», *T'oung P'ao* (66) 1-3.

冤魂志 LOS ESPÍRITUS EN BUSCA DE JUSTICIA
回魂志 EL REGRESO DE LOS ESPÍRITUS

1. Jin Xuan fue un hombre fortísimo que, estando a punto verse ejecutado por orden del emperador Ming de la casa de Jin[1], pidió al verdugo:

—Muchos son los músculos que tengo por el cuello. Degüéllame de un solo tajo, que luego te recompensaré.

Pero el verdugo no puso cuidado en cumplir con tales deseos y le dio varios cortes antes de separarle por completo la cabeza.

No habían transcurrido más que unos instantes cuando vio el verdugo cómo Jin Xuan, tocado de sombrero carmesí y vistiendo túnica granate, le disparaba unas flechas color cinabrio con un arco colorado. Y apenas si tuvo tiempo el verdugo de gritar «¡Que me ataca Jin Xuan!», cuando ya caía muerto[2].

2. Hubo en tiempos de la dinastía Song (exactamente en la era llamada Yongjia[3]) un hombre —de nombre Zhu Gefu— que, estando destinado de gobernador en la provincia de Jiuzhang, había dejado a toda su familia en la subprefectura de Yangdu excepto a su hijo mayor, Yuan Zong, a quien se había llevado consigo a su destino.

Cuando a este gobernador le llegó la hora de la muerte, su hijo mayor, que por aquel entonces aún no contaba los diecinueve años, embarcó el féretro de su padre

---

[1]   Reinado: 323 a 325 d.C. Seguimos Cohen, 1992 para la localización de muchos de los presentes relatos en las diversas Historias Dinásticas.

[2]   De Groot tradujo una paráfrasis del presente relato en J. J. M. de Groot, *The Religious System of China*, 6 vols., E. J. Brill, Leiden, 1892-1910, reimpresión Southern Materials Centre, Taipei, 1982, volumen 4, pp. 441-442.

[3]   Era costumbre dividir el tiempo total de reinado de los emperadores en grupos de años de duración variable que recibían nombres diferentes. Los años llamados Yongjia en que suceden los hechos narrados abarcan desde 307 d.C. hasta 313 d.C. Pero tales años, los Yongjia, no pertenecen históricamente a la dinastía Song como dice nuestro original, sino a la dinastía Jin. Se trata de una corrupción textual.

rumbo a la subprefectura de donde eran para que allá le dieran sepultura, y decidió ir también él a donde se encontraba el resto de su familia.

Navegaba en aquel cortejo fúnebre un viejo criado de la casa llamado He Fa que, codiciando las riquezas que llevaban, tras haberse confabulado con el resto de los acompañantes, arrojó al joven Yuan Zong al canal, en el cual murió ahogado, y se repartió las pertenencias con los otros.

La madre del joven Yuan Zong —cuyo apellido era Cheng[4]— soñó aquella misma noche que el chico volvía a casa, que le narraba detalladamente el asunto del fallecimiento de su padre y en qué anormales circunstancias había encontrado su propio cuerpo la muerte y cómo su cadáver bajaba ahora flotando por el agua a la deriva.

Y aunque la amargura por tal injusticia no tenía par, ¿acaso podía él expresar abiertamente aquella hiel que guardaba en su corazón, aquella aflicción que contenía bajo la lengua? Muchos habían sido los años que no había podido ocuparse de su madre debidamente y larga la separación con ella —aunque ocurrida en un instante—, de modo que Yuan Zong no pudo evitar ponerse a lanzar hondos suspiros y llorosos lamentos en lugar de hablar. A continuación, alcanzó a decir a su madre que estaba muy fatigado del rápido viaje, que quería ir a acostarse a la cama que había bajo cierta ventana, haciendo almohada del alféizar, y que así podría ella mirar al día siguiente en tal lugar y saber por sí misma hasta qué punto era cierto todo aquello que decía.

La madre se levantó tan espantada como afligida. Lámpara en mano, se apresuró hasta el lugar donde debía estar durmiendo el hijo y sí, algo alumbró allí, algo con forma humana y completamente empapado. Los llantos y las lamentaciones de la familia propagaron la noticia por todo el vecindario.

Aprovechando que acababan de nombrar general de la prefectura de Jiao a Xu Shenzhi, y notario mayor bajo su mando a su familiar Xu Daoli, quien a su vez era sobrino de la madre, fue a este último a quien relató ésta su sueño y a quien rogó que investigase el caso.

Y yendo el notario mayor camino del lugar de los hechos, se topó con el junco fúnebre que transportaba el cadáver del gobernador. Tuvo entonces el notario mayor oportunidad de inquirir la fecha de la muerte tanto del padre como del hijo y de, por estos medios, de verificar que todo había ocurrido tal cual había dicho la aparición del sueño.

Así que apresó a los hombres que habían cometido tan violento y malvado acto. Pidieron éstos clemencia y perdón. Se los ejecutó según la ley. El resto de los que formaban el cortejo fúnebre se volvió a Yangdu.

---

[4] La mujer que pasaba a ser la esposa primera de algún monarca o alto cargo mantenía de por vida su apellido. De ahí que a la madre del hijo asesinado se la llame literalmente «dama de la familia Cheng» (*Cheng shi*).

3. Durante la dinastía Jin, vivió un hombre llamado Xiao Houxuan (nombre de cortesía[5]: «Grande e Inigualable») cuya vasta fama de sabio fue causando en el monarca Sima Jing[6] tanta envidia que acabó por darle muerte.

Estaban los familiares del fallecido Xiao Houxuan llevando acabo las ofrendas y los ritos funerarios en el lararia de los antepasados cuando vieron, de repente, cómo Xiao Houxuan se llegaba hasta el asiento de su espíritu[7], cómo se quitaba la cabeza, la dejaba a un lado, cogía las frutas y las viandas y los vinos ofrendados y empezaba a metérselo todo cuello adentro; a continuación de lo cual, se recolocó la cabeza en su sitio y les dijo:

—Mi apelación contra el monarca Sima Jing ha sido oída por el Señor de lo Alto: el monarca morirá sin heredero.

El caso es que el monarca falleció sin haber tenido hijos varones, de suerte que la única manera que se concibió para evitar la extinción de su estirpe imperial fue la de que uno de sus hermanos, el príncipe Wen, nombrase monarca (del estado de Qi en lugar del que le correspondía) a su propio hijo, llamado You, volviéndole con ello heredero y descendiente directo del fallecido Sima Jing. Así es cómo lograron que se entronizase a You. Pero You murió pocos años después. Le sucedió entonces su hijo Sima Jiong. Pero Sima Jiong cayó muy pronto asesinado.

Tiempo más tarde, durante los disturbios que estallaron en la era llamada Yongjia, hubo un chamán que afirmó que el antiguo emperador Xuan, fundador de la dinastía, con los ojos cargados de lágrimas, le había dicho en una visión lo siguiente:

—Que nuestra casa se haya extinguido hoy no se debe más que a esto: a que las apelaciones contra las malas obras que formularon Xia Houxuan y Cao Shuang fueron oídas, y castigados los crímenes cometidos por mi propia familia[8].

---

[5]   Los nombres de cortesía se otorgaban al alcanzar cierta edad adulta especialmente a todo aquel que tuviera cargos públicos; coexistían con el nombre propio y estaban cargados de sentido: servían para exaltar o mostrar las virtudes de la persona en cuestión. El propio Yan Zhitui, en el capítulo «La aceptación de las costumbres» de su tratado *Consejos para los Yan* (*Yanshi jiashun*, Feng cao), lo explica así: «los antiguos tenían un nombre inseparable de su cuerpo, y un nombre de cortesía con que se expresaba la calidad moral [de cada cual]».

En este cuento se nos relata la extinción de la familia imperial de los Sima. Cao Shuang, por su parte, fue nieto del conocidísimo Cao Cao (155-220), gran poeta y fundador de la dinastía Wei. Sus biografías —que no mencionan los hechos ahora relatados— se encuentran en la parte «Crónica de la casa de Wei» en el tratado histórico *Crónica de los Tres Reinos* (*Sanguo zhi*, «Wei zhi»).

[6]   Antecesor inmediato al primer emperador de facto de la dinastía Jin. Su biografía oficial figura en el capítulo 2 del *Libro de la dinastía Jin* (*Jinshu*).

[7]   El «asiento de los espíritus» (*ling zuo*) consistía en unas tablillas de madera o unas tiras de papel o tela, de menos de un palmo de ancho por dos o más de alto, en las que se escribía o grababa el nombre del finado y que servían de lugar de reposo para el espíritu del muerto, pues se consideraba que el espíritu de los muertos era volátil y necesitaba de algún lugar en el que reposar y permanecer. Los «asientos de los espíritus» se depositaban ceremoniosamente en el lararia de los antepasados, que era una habitación que cada familia destinaba exclusivamente a estos menesteres rituales.

[8]   Hay otra versión de este relato en la *Recopilación general de la era llamada la Paz Universal* (*Taiping guangji*), capítulo 119, que, a diferencia de la nuestra, da los hechos narrados como pertenecientes a tiempos de la dinastía Wei.

4[9]. En tiempos de la dinastía Han, después de haber invadido la comandancia de Huiyi, el gran general Sun Ce[10] decidió conducir sus tropas, que por aquel entonces contaban con la presencia de Yu Ji, un maestro en artes[11], ante el emperador de la casa de Han en señal de adhesión. A medio camino se toparon con una sequía tan atroz que no encontraron modo de cruzar en jangas los ríos, de modo que el propio Sun Ce solía ir en persona a arengar a sus tropas. Pero como siempre ocurría que se encontraba tanto a sus generales como al resto de los oficiales en torno a Yu Ji el maestro en artes, acabó por encolerizarse:

—¿Acaso él es más importante que mis órdenes? —Les recriminó en una ocasión duramente.

A continuación, mandó que apresaran a Yu Ji, que le maniataran y que le pusieran a pleno sol[12]. Le ordenó que trajera la lluvia, amenazándole con que, de lo contrario, se vería castigado con la muerte.

El hecho es que, en un breve lapso de tiempo, llegaron las nubes y rompió a llover, quedando los cauces llenos a rebosar. Y todos se abalanzaban hacia Yu Ji para felicitarle por haberse librado de la muerte cuando la cólera que se apoderó de Sun Ce le movió a incumplir su palabra, y le mató; atroces fueron sus remordimientos a partir de aquel día, y a menudo le pareció ver al propio Yu Ji ante sí.

Tiempo después, ocurrió que un asesino hirió a este gran general en una ocasión en que había salido de caza; sin haber llegado a curarse las heridas por completo, tomó un espejo para mirárselas y en él vio a Yu Ji. Sun Ce se dio la vuelta: nadie, no tenía

---

[9]   El relato figura en la obra de Gan Bao *Indagaciones históricas acerca de los espíritus y las divinidades (Soushenji)*, 1.22. En la versión en castellano (Gan Bao, *Cuentos extraordinarios de la China medieval*, Lengua de Trapo, Madrid, 2000) puede leerse en las páginas 59-60.

[10]   El general Sun Ce nació en el año 175 d.C. y murió en 200 d.C. Era hermano del que llegaría a ser monarca del reino de Wu, uno de los tres reinos en que estuvo dividido el imperio durante el período llamado de los Tres Reinos, esto es, desde el año 220 d.C. al año 280 d.C.

[11]   Los maestros en artes eran personas capaces de obrar prodigios gracias a sus conocimientos especiales, que se transmitían de maestro a discípulo de manera exclusiva y secreta. Algunos de sus prodigios eran: desaparecer, atravesar paredes, metamorfosearse en animales u otros seres, provocar la lluvia o las sequías, y volverse inmortales. Pueden leerse algunos ejemplos en *Cuentos fantásticos chinos* (Cátedra, Madrid, 2023, cuentos 27, 28, 33 y 35, por ejemplo). También puede leerse más información acerca de estos personajes en época más cercana al tiempo a Yan Zhitui en el capítulo quinto (pp. 109-119) de la obra de Zhang Hua *Relación de las cosas del mundo* (Trotta, Madrid, 2001).

[12]   Dejarle al sol y para que así atraiga la lluvia obedece a una antigua práctica. En tiempos de sequía, las chamanas oficiales del Estado llevaban a cabos danzas de la lluvia totalmente desnudas y a pleno sol para provocar en sí el sudor, y en el Cielo la lluvia según el principio de que lo semejante llama a lo semejante. Al margen de menciones de pasada en obras de la antigüedad como *Los ritos de la casa de Zhou (Zhou li)*, el primer tratamiento extenso del tema de las invocaciones a la lluvia está en los capítulos 74 y 75 de la obra filosófica de Dong Zhongshu *Brillo de rocío: «Los anales de Lu» (Chunqiu fanlü)*. El lector interesado puede profundizar en este asunto leyendo el artículo de A. P. Cohen «Coercing the Rain Deities in ancient China», *Journal of the History of Religions*, nº XVII, 3-4, University of Chicago Press, Chicago, 1978.

a nadie detrás. Como lo mismo le volvió a suceder otras tres veces, arrojó el espejo contra el suelo dando alaridos de pavor, las heridas se le abrieron de golpe y al punto cayó muerto.

5[13]. El señor del principado de Lu, llamado Huan, tenía una esposa que se llamaba Wen Jiang y que era hermana del conocido Xiang, señor del principado de Qi.

Pues bien, ocurrió en cierta ocasión que, estando Huan con su esposa de visita[14] en casa de Xiang, tuvo ella comunicación sexual con su hermano. Su esposo le dio una paliza al descubrirlo, ella se lo contó a su hermano y éste urdió un plan: invitó a Huan a un banquete con gran cantidad de vino y luego mandó a Peng Sheng (hijo del anterior señor del principado que ahora él gobernaba) que acompañara a Huan de vuelta y que le golpeara con todas sus fuerzas cuando estuvieran a solas en el carruaje; y Huan, señor de Lu, arribó a su principado ya cadáver.

Enfurecidos, los habitantes de dicho principado comunicaron estos hechos al príncipe Xiang, explicándole que su señor, humilde ante el poder y la majestad del principado de Qi, no osando declinar su invitación, había acudido al banquete con la intención de mejorar las relaciones entre los principados; que, una vez acabados los actos rituales de rigor satisfactoriamente, su señor no había regresado vivo; que no se había castigado a nadie por tal crimen, que estaban dispuestos a darlo a conocer a la Junta de Señores, y que su petición consistía en que se borrara tan afrentosa desgracia con el castigo de Peng Sheng. En consecuencia, los propios habitantes del principado de Qi acusaron a Peng Sheng y le ajusticiaron.

Tiempo después, en una ocasión en que Xiang había salido de montería por los montes Bei, apareció un gran jabalí.

—Sus servidores, señoría, ven a Peng Sheng en ese jabalí —le dijeron los caballeros que le acompañaban.

—¡Pero cómo se atreve a aparecérseme vivo!

No había hecho más que acabar de hablar cuando estaba ya disparándole un flechazo. El jabalí se irguió sobre dos patas cual persona y le gritó de tal modo que el propio Xiang, que se hallaba en su carruaje, se desplomó al suelo amilanado, hiriéndose en un pie. Le llevaron de regreso a su residencia y, no mucho después, moría a manos de una rebelión instigada por dos de sus consejeros, Lian Cheng y Guan Zhifu.

6. En cierta ocasión, el príncipe de Wu, Fu Chai, dio muerte a Gongsun Sheng —uno de sus ministros— sin que hubiera éste cometido crimen ninguno. Tiempo

---

[13] El relato aparece también en *Los comentarios de Zuo (Zuozhuan)* y en *Historia (Shiji)* de Sima Qian, capítulo 32, así como en el *Libro del maestro Guan*, capítulo 18.

[14] Dicha visita histórica tuvo lugar en el año 694 a.C. y la muerte de Xian, el señor del Estado de Qi, en 686 a.C.

después, este príncipe se vio derrotado por el estado de Yue, salió huyendo y, de camino, confesó a uno de los ministros que le escoltaban:

—Hoy llevamos traza de pasar por el monte Yukang, que es donde arrojamos el cadáver del ministro Gonsun Sheng, a quien di muerte yo mismo. El temor que tengo al Cielo azul de allá arriba y a esta Tierra de aquí abajo me refrena el paso y me impide avanzar, me es en verdad intolerable. Adelántate tú dando voces, que Gongsun Sheng responderá si aún está por allí.

Se adelantó el gran ministro Pi hasta el pie del monte Yukang y gritó:

—¡Gongsun Sheng!, ¡Gongsun Sheng! ¿Sigues aquí?

Y al punto oyó una respuesta que decía:

—Aquí sigo.

Tres veces voceó esta pregunta y tres respuestas iguales escucharon.

—Por el Cielo —exclamó entonces el príncipe despavorido, mirando a lo alto— que jamás podré llegar a donde quiero.

Y así fue: Fu Chai, señor de Wu, murió sin haber podido alcanzar su hogar.

7. En la era llamada Yonghe de la dinastía Jin[15], cuando el prefecto de Liang, que a la sazón era Zhang Zuo, se rebeló declarando la independencia de la prefectura que gobernaba, poniéndose él a la cabeza. Luego, movido por la envidia de cuán rica y cuán militarmente poderosa era la prefectura colindante —la de He—, comandó secretamente tropas con la intención de cercar a su prefecto, Zhang Cui. Pero Zhang Cui lo descubrió y lanzó una contraofensiva que acabó con la vida de Zhang Zuo.

Más tarde, Zhang Zuo[16] se apareció. Venía flanqueado por caballeros militares de armadura; señalando a Zhang Cui, le advirtió:

—Zhang Cui, será un vil esclavo quien llegue un día y te corte la cabeza.

Transcurrió el tiempo, el prefecto Zhang Cui invadió la comandancia de Guzang y concedió a Zhang Xuanjin[17] el título de príncipe de la prefectura de Liang, quedándose él con el cargo de subprefecto y con la traza secreta de deponerle más tarde y ocupar él el trono. Pero teniendo este fin aún por lograr, en una ocasión en que acompañaba

---

[15]   De 345 d.C. a 356 d.C.

[16]   Natural de Anding. La fecha histórica de su muerte es 354 d.C. Se conservan varias biografías oficiales: en el *Libro de la dinastía Jin* (*Jinshu*, capítulo 86) y en *Libro de la dinastía Wei* (*Weishu*, capítulo 99). Ambas biografías consignan hechos históricos como en nuestro cuento, pero, a diferencia de éste, omiten todo lo relacionado con los espíritus.

[17]   Las biografías oficiales de Zhang Xuanjin aparecen en los capítulos 99 del *Libro de la dinastía Wei* (*Weishu*) y en el capítulo 86 del *Libro de la dinastía Jin* (*Jinshu*). Reinó desde el 355 d.C. hasta el 362 d.C. En la biografía que hay en la segunda obra recién mencionada, no se mencionan los hechos relatados en nuestro cuento. Sin embargo, sí se los menciona en el relato que encontramos en el primero, en *Libro de la dinastía Wei* (*Weishu*), con la diferencia de que en ella no se atribuyen los sucesos a un espíritu, sino que se los menciona simplemente como hechos extraordinarios.

en carruaje al príncipe y cruzaban la puerta del Oeste de la capital, las gruesas y firmes vigas del puente se desplomaron hechas astillas. En otra, los pájaros que acababa de liberar Zhang Cui de una jaula al atardecer —según la tradición que él mismo había instaurado— murieron nada más haber salido. En otra, ocurrió que una cigüeña que había anidado encima de la puerta Guangxia de la capital no se iba por muchos ballestazos con que habían procurado ahuyentarla, de modo que decidió Zhang Cui ir a ver el extraño suceso en persona. El prefecto de Dunhuang, Song Hun[18], aprovechó aquella oportunidad para intentar asesinarle, enviando a uno de sus hermanos —llamado Cheng— que se apostase cerca del nido del ave y acabara entonces con la vida de Zhang Cui.

—Antes de traicionar de este modo la sangre común que nos une —increpó Zhang Cui al asesino Cheng cuando le vio tan cerca de darle muerte—, piensa que furia es lo que sentirán el Señor del Cielo y el Guardián de la Tierra cuando lo sepan, y que de nada te servirá matarme, pues aun estando muerto te haré sufrir.

Tiempo después, cuando aquel prefecto Song Hun se había nombrado a sí mismo director de los maestros escribanos e iniciado un período de favorable actividad política, cayó enfermo, y, a pleno día, vio cómo Zhang Cui bajaba al suelo desde el techo de su alcoba, se metía en una columna y se prendía ésta como si echase a arder; escarbaron alrededor y ningún rastro vieron de él.

Aquella enfermedad acabó con la vida del prefecto en el momento exacto en que el aceite de una lámpara que estaba encendiendo su hermano Cheng se transformaba en sangre. La noche siguiente desaparecieron las colas a los caballos que guardaban en los establos, y, al poco tiempo, un hijo del prefecto Song Hun que tenía dos años le decía con voz cascada de viejo:

—Guárdese de Cheng, señoría. Veo que será su propio hermano quien le corte la cabeza.

Acabar el niño la frase y estallar un fuego en el río que fluye al Este de la capital fueron todo uno.

En fin, Song Hun cayó asesinado a manos de Cheng al cabo de unos años.

8. En tiempos de la dinastía Jin, Zhang Qing, un general que estaba destacado a las provincias extranjeras del Turkestán, dio muerte a Qu Jian por mero odio. Instantes antes de expirar, Qu Jian profirió una amenaza contra el general. Y cierta noche pasado cierto tiempo, el general se vio ante un perro blanco de repente, desenvainó la espada, se la lanzó, falló, se cayó por tierra y algo hubo que le impedía incorporarse. Cuando llegaron sus escoltas vieron a Qu Jian junto a un general Zhang Qu que perdía ya la vida.

---

[18] Fecha histórica de su muerte: 361 d.C.

9. Cierta noche en tiempos de la dinastía Song, en la era llamada Yuanjia[19], la banda de Li Long hizo una partida de saqueo por las aldeas, a lo cual respondió Tao Jizhi, que a la sazón era el comandante de la subprefectura de Moling, enviando hombres en secreto en busca y captura de los saqueadores. Fue un éxito: la banda de Li Long fue atrapada.

De entre el grupo de Li Long destacó una mujer, cuyo nombre se ha perdido, por ser una gran compositora y porque se había ido dormir a casa de un conocido, con quien había estado toda la noche tocando y componiendo, mientras sus compinches se daban al pillaje. Pero el comandante Tao no indagó en estos detalles, ni se molestó en verificar si la coartada de la compositora era cierta. La envió con los demás al calabozo.

El conocido de aquella mujer, amén de varios caballeros de alto linaje que también habían estado en su casa de invitados, vinieron a testificar ante el comandante Tao y a esclarecer la verdad. Pero el caso ya estaba en marcha según el procedimiento legal, y el comandante Tao no quiso ser tanto el acusador como el que bloquease la acusación ante Su Majestad, de suerte que permitió que prosiguiese su curso aun a sabiendas de que estaba cometiendo una injusticia; los diez saqueadores fueron ejecutados a la entrada de las dependencias oficiales del distrito.

Momentos antes de ser ajusticiada, la compositora, que además de ser capaz de producir melodías sublimes era sabia y sensata en extremo, se dirigió en voz alta a los parientes, vecinos, amigos y simples curiosos que se habían reunido allí en gran grupo con estas palabras:

—Yo no soy más que una solitaria sin techo. No me atraen las riquezas. Nunca he obrado el mal. No he robado en mi vida. El comandante Tao sabe que es cierto esto que digo, y aun así me ejecuta. No es justo. Por eso digo que si en el Más Allá aún existimos bajo forma de espíritus, no dudéis que recurriré hasta que me sea restituida la justicia. Mas si en el Más Allá no existimos bajo forma de espíritus, entonces nada: todo para en esto.

No hubo uno solo entre los presentes que no derramase lágrimas ante la injusticia de ver cómo iba hacia a la muerte, cantando sus propias canciones y tocando sus propias melodías, y así morir.

Cierta noche, al cabo de más de un mes, el comandante Tao soñó que la mujer venía hasta quedár_sele a un paso, y que le decía:

—Hace tiempo se me ejecutó en completa injusticia, antes de que la vida que nos concede el Cielo hubiese llegado a su término natural. Así que he demandado justicia al Cielo[20] y se me ha dado la razón. Por eso estoy aquí. He venido a llevarle conmigo.

Y apenas si había terminado de hablar cuando ya se le había metido a Tao por la boca, descolgándosele hasta el estómago por dentro.

---

[19]   De 424 d.C. a 453 d.C.
[20]   Con Chen (1992: 842), leemos *tian* en lugar de *zhi*.

El comandante se despertó bruscamente, lleno de terror, y cayó por tierra sin respiración, donde se le vio como preso de unas convulsiones epilépticas que se alargaron un buen rato, al cabo del cual volvió en sí. Pero tuvo más ataques como aquél, y se convulsionaba con una violencia tal que la cabeza, al retorcérsele, le llegaba hasta la espalda. Al cuarto día de sufrirlos, expiró. En su familia aumentaron las enfermedades y disminuyó la riqueza hasta acabar depauperada. Su único hijo falleció siendo joven, y su solo nieto murió de hambre en los caminos.

10. El año primero de la era llamada Taishi[21], en tiempos de la dinastía Song, hubo un notario mayor en la prefectura de Jiang, llamado Deng Wan[22], que se rebeló contra el poder central entronizando a Liu Zixun, que pertenecía a la familia imperial, era príncipe de Jinan y también poseía el título de prefecto; a continuación, unió este notario mayor su ejército con el de Zhang Yue, un hombre que se hallaba entonces a la cabeza de la prefectura de Nan y a quien él mismo había salvado la vida en cierta ocasión al liberarle, a la altura de la desembocadura del río Pen, cuando lo trasladaban prisionero a Yangdu, pues se le había hallado culpable de cierto crimen. Además, el notario mayor nombró a Zhang Yue general coronado en jefe, y comandaron las tropas conjuntamente.

Dichas tropas sufrieron una gran derrota[23] estando bajo mando de cierto comandante llamado Yuan Yi. El prefecto Zhang Yue, temiéndose que el ejército imperial fuera a caerle encima y a castigar su insurrección con la pena de muerte, mandó al punto que llamaran al notario mayor Deng Wang, anunciándole que había caído gravemente enfermo, al tiempo que ordenaba a unos soldados que se emboscasen cerca.

—Vos que estáis, señor[24] —dijo Zhang Yue al notario mayor cuando éste hubo llegado—, a la cabeza de este asunto que se halla en tan delicado estado, ¿qué plan tenéis para solucionarlo sin que perdamos la vida en ello?

—Entronizar primero al príncipe Liu Zixun[25], para luego adherirnos secretamente a su Generalísimo: es la única forma que veo para librarnos del castigo.

—Pero ¿os atrevéis a resolverlo asesinando al pequeño emperador —le respondió el prefecto encolerizado—, siendo vos el máximo responsable de que estemos todos en desgracia?

---

[21] Texto corrupto. El original dice «era Taichu», era que no existió en la dinastía en que se data nuestro relato. Los hechos narrados se sitúan históricamente en 465 d.C.

[22] No se trata de un prefecto (*ci shi*) de Jiang, como dice el texto original, sino del notario mayor; de ahí nuestra traducción. El propio relato revela líneas más abajo la corrupción textual.

[23] Datada históricamente en el año 466 d.C.

[24] Seguimos la adición de Chen, 1992: 844.

[25] Tercer hijo varón del emperador Wen Cheng, cuyo reinado abarcó desde 425 d.C. a 464 d.C. Los hechos narrados, en consecuencia, deben datarse en el primer año en que su hermano ocupó el trono, es decir, 465 d.C.

Y al instante ordenó a los emboscados que apresaran al notario mayor y a su hijo, y que les decapitaran allí mismo, delante de su propia cama. Seguidamente, el prefecto tomó la cabeza del notario mayor, y fue a entregarse al ejército imperial con ella.

Transcurrieron cinco años, el prefecto Zhang Yue cayó enfermo y vio mientras dormía el horrible espectro de Deng Wan. Fue instantes antes de morir.

11[26]. En tiempos de las dinastías Song y Jin, estando ya muerto el señor de Yuzhang —que era Xia Yi[27]—, se apareció en forma visible al conocido alto cargo Chen Wenli, y le dijo:

—La enfermedad que padecí no debía haberme causado la muerte. Fue por culpa de los once tipos de sustancias que añadió a mis jarabes el heredero al trono imperial que no mejoré como debía. Y no sólo eso: además, agregó otro tipo de sustancia en mis caldos que me causó una disentería imparable. De modo que le acusé ante los Antepasados y se me ha permitido volver a la parte Oeste extramuros para recoger el veredicto al respecto.

De un bolsillo interior se sacó un documento oficial escrito en papel azul[28], y se lo mostró a Chen Wenli, al tiempo que le decía:

—Por la amistad tan larga que nos une, haced entrega de esto a Su Alteza —y al punto desapareció.

Y aunque por temor no hizo Chen Wenli tal entrega al heredero, Su Sabia y Graciosa Alteza[29] murió muy poco después.

12. En tiempos de la dinastía Wei, el príncipe Yuan Hui[30], señor de Chengyang, planeó, para favorecer al emperador Xiao Zhuang, el asesinato de Erzhu Rong, cabeza de una poderosa tribu turca[31].

Más tarde, sucedió que el turco Erzhu Zhao —un familiar del asesinado— invadió Loyang[32] y derrocó a dicho emperador Xiao Zhuang. El príncipe Yuan Hui salió huyendo, temeroso, de aquella capital, y fue a pedir protección al comandante en jefe

---

[26]   Existe un relato casi igual en *Libro de las dinastías al Sur (Nanshi)*, capítulo 42.

[27]   Hermano menor del emperador Wu (r. 482-493 d.C.) de la dinastía Qi al Sur. Murió en 492 d.C.

[28]   Propio de los comunicados oficiales.

[29]   La muerte histórica tuvo lugar en 493 d.C.

[30]   Príncipe de Chengyang, y miembro de la familia reinante en Wei al Norte. Era una casa de origen turco. La biografía oficial de Yuan Hui se encuentra en el *Libro de la dinastía Wei (Weishu)* capítulo 92, y en la *Historia de las dinastías al Norte (Beishi)* capítulo 18. En esta última, la versión de su muerte no coincide con la de nuestro relato.

[31]   Dicha familia, aprovechándose de la debilidad del emperador chino de la dinastía Wei al Norte, dominó una buena parte de la China nor-central entre 528 y 532 d.C. Erzhu Rong murió en el año 530 d.C.

[32]   Capital durante el reinado del emperador Xiao Zhuang, que reinó solamente un año, de 528 a 529 d.C.

de la subprefectura de Luoyang llamado Kou Zhuren, pues tiempo atrás había ayudado a su padre y a dos de sus tíos a conseguir cargos de prefecto en la Administración. Pero el comandante Kou Zhuren le degolló y entregó la testa al turco Erzhu Zhao a cambio de la recompensa que éste había ofrecido: un título nobiliario y un porcentaje sobre los impuestos de diez mil familias. De paso, el comandante Kou Zhuren se apartó para sí cien lingotes de oro y cincuenta caballos que pertenecían al decapitado.

Habiendo conseguido ya la cabeza del príncipe Yuan Hui, pero sin haber hecho entrega del título nobiliario al comandante, el turco soñó que el decapitado le decía:

—¿Qué hacen mis cincuenta caballos y mis doscientos lingotes en casa del comandante cuando deberían estar en la suya?

Al despertarse, pensó que, en efecto, a pesar de que las riquezas del príncipe Yuan Hui que le habían entregado la noche anterior eran enormes, no había entre ellas ni oro ni caballos. ¿Tal vez no había sido un sueño vano?

Esperó hasta el anochecer para ordenar que prendiesen al comandante Kou Zhuren. Y Kou Zhuren también vio a Yuan Hui, el príncipe que él había degollado, quien le dijo:

—Espera y verás, que ahora van a colmar tu recompensa.

Así fue que sacaron los doscientos lingotes de oro y los cincuenta caballos para entregárselos a Erzhu Zhao. No habiendo quedado éste totalmente convencido, tuvo que ser el comandante Kou Zhuren en persona quien fuera visitando a familiares y subordinados en busca de otros treinta lingotes de oro y cincuenta caballos más, que asimismo entregó al turco. Mas también le pareció insuficiente, montó en cólera y ordenó que colgaran a Kou Zhuren de un árbol por la cabeza, con piedras grandes atadas de los pies, y allí le dio muerte a latigazos.

13. La primera esposa del emperador Xiao Wen[33], de la casa de Han, fue la emperatriz Dou. Tenía ella un sobrino, Dou Ying[34] (nombre de cortesía: «Descendiente de Príncipes»), que había emparentado con dicho emperador a través de ella, que había sido ennoblecido y que era señor del principado de Weiqi. Además, ocupaba el cargo de primer ministro.

Pero murió su tía la emperatriz, y Dou Ying empezó a perder poder en la corte; lo depusieron del cargo de primer ministro y acabó viéndose tratado con tan gran indiferencia que la tuvo que abandonar sin haberse llegado a realizar en la carrera política. Y en su retiro trabó amistad con el Gran Caballero Guan Fu, y tan profunda que ambos amigos sentían enormemente el haberse conocido tan tarde ya en la vida.

---

[33]   Reinado de 178 a.C. a 157 a.C.
[34]   Hay una biografía suya tanto en *Historia (Shiji,* cap. 107) de Sima Qian como en *Libro de la dinastía Han (Hanshu,* cap. 52).

El cargo de primer ministro recayó entonces sobre Tian Fen[35], que era hermano por parte de madre —pero no de padre— de la emperatriz Wang, consorte del emperador Xiao Jing[36], y su familia empezó a desmandarse en sus caprichos. Así, en cierta ocasión, envió un mensajero a casa de Dou Ying requiriéndole la entrega de cientos de acres de tierra de labrantío sitos al sur de la ciudad:

—¿Cómo un primer ministro quiere arrancarle a este pobre y apartado vasallo un puñado de tierra forzando la ley? —respondió.

Tal contestación prendió odio en el primer ministro Tian Fen no sólo hacia Dou Ying sino también hacia Guan Fu[37], pues éste, encolerizado, se había puesto del lado de su buen amigo frente al ministro.

El caso es que transcurrió el tiempo, el primer ministro tomó una nueva concubina y la emperatriz Wang decretó que todo noble, señor o miembro de la casa imperial estaba obligado a presentar sus parabienes al recién casado.

Amante del vino en exceso, el con frecuencia ebrio Guan Fu detestaba a Tian Fen hasta tal punto que se negó a asistir a la ceremonia, pero su amigo Dou Ying le convenció de que acudieran juntos. Y así hicieron, no sin que Guan Fu se hubiera achispado antes y sin que llevase una garrafa de vino de arroz para compartir con el primer ministro.

—Imposible beber tanto—, le respondió éste.

Aquel rechazo movió a Guan Fu a obrar irrespetuosamente ante él, lo que a su vez provocó en Tian Fen tanta cólera que zanjó el asunto diciendo:

—Culpa mía es en verdad permitir tanta arrogancia en Guan Fu.

Y al punto ordenó que lo atasen, informando a continuación al notario mayor de que apuntase lo siguiente:

Teniendo en cuenta que Guan Fu obró de manera irrespetuosa y desaforada estando en audiencia oficial, y teniendo en cuenta también que se han recibido acusaciones por canales oficiales de sus fechorías y excesos en las aldeas, decreto que se le aplique la pena de muerte en plaza pública.

—Pero ¿es que voy a dejar que lo maten sin más? —exclamó Dou Ying cuando hubo regresado a su residencia ante su esposa—, ¿cómo podría mirarme yo luego a la cara en el espejo?

En seguida dirigió al emperador su testimonio por escrito, detallando que Guan Fu había estado ebrio y que, en consecuencia, los hechos no justificaban una pena de muerte. El emperador reclamó su presencia, le organizó un debate con el primer

---

[35]   Falleció en 130 a.C. Hay una biografía suya tanto en *Historia* (*Shiji*, cap. 107) de Sima Qian como en *Libro de la dinastía Han* (*Hanshu*, cap. 52).

[36]   Reinado de 156 a.C. a 141 a.C.

[37]   Militar de las fronteras afamado por su bravura, que fue destinado en vida a la guardia personal del emperador y depuesto por causa de su intemperancia.

ministro Tian Fen para que cada cual expusiera los puntos que tenía en contra y a favor de Guan Fu, y, cuando preguntó a los consejeros de la corte allí presentes cuál de los dos creían ellos que llevaba razón, la respuesta mayoritaria fue que Dou Ying.

Pero la emperatriz Wang montó en cólera al enterarse de esto, y declaró que no pensaba volver a probar bocado jamás:

—Y a quien crea que puede vituperar y abusar de mi hermano hoy —dijo antes de retirarse—, ¡sepa que lo destruiré así lleve yo muerta un ciento de años!

El primer ministro propaló entonces malos rumores sobre Dou Ying, y se las compuso para que llegasen a oídos del emperador. Éste, a pesar de que tomaba al primer ministro por un hombre torcido, accedió a que se diera muerte a Dou Ying, pero más bien por contentar los deseos expresos de la emperatriz.

He aquí las palabras que profirió Dou Ying antes de caer ejecutado:

—Nada podré hacer si perdemos la conciencia tras la muerte. Pero si no es así y la conservamos, entonces digo que no seré yo solo el que muera por esto.

Al cabo de un mes, el primer ministro Tian Fen cayó súbitamente enfermo con dolores por todo el cuerpo, dolores como si alguien le estuviese dando golpes sin parar, y sólo alcanzaba a gritar inconteniblemente:

—¡Confieso mi crimen!, ¡pido clemencia!

El emperador mandó a alguien capaz de controlar a los espíritus que mirase alrededor de Tian Fen, y en su visión vio a Dou Ying y a Guan Fu propinándole de varazos de bambú. Esto sucedió poco ante de la muerte del ministro.

No mucho después, el propio emperador vio en sueños a Dou Ying, y aprovechó para presentarle sus disculpas.

14. En tiempos de la dinastía Jin, el gran general Wang Dun[38] dio injusta muerte a Diao Xuanliang. Más adelante, habiendo ya ocupado la ciudad de Shitou, soñó el general que un perro blanco bajaba del Cielo y le mordía. De regreso en Gushu, cayó enfermo y, a plena luz del día, vio cómo Diao Xuanliang se le acercaba en un carruaje, seguido de militares y de letrados. Ya junto a él, Diao Xuanliang[39] irguió la cabeza con los ojos bajos, entró en la habitación donde se hallaba el general y le hizo entrega de su propia condena. Lleno de pavor, el general trató de huir, pero todo fue en vano.

[38]   Falleció en 324 d.C. Hay dos biografías suyas: *Libro de la dinastía Jin (Jinshu,* cap. 98) y *Libro de la dinastía Wei (Weishu,* cap. 96).

[39]   Murió en 322 d.C. Contamos con dos biografías oficiales suyas que presentan notables diferencias. En el *Libro de la dinastía Jin (Jinshu,* cap. 69) leemos que fue muerto por alguien, mientras que en el *Libro de la dinastía Wei (Weishu,* cap. 96) se detalla que, al tratar de huir, halló la muerte a manos de las tropas de Wang Dun.

15. Hubo dos soldados del ejército imperial, nacidos en Hejian, que habían hecho amistad. Uno se llamaba Zhang Lu y el otro Jing Kuang. Pues bien, ocurrió el cinco de mayo del año vigésimo cuarto de la era llamada Taiyuan que, habiendo subido a la cima del monte Zhong y estando sentados allí arriba, Zhang Lu bebió tanto que perdió el control sobre sí mismo, desenvainó la espada y decapitó a Jing Kuang.

La madre del decapitado soñó, la misma noche del hecho, que su hijo le decía que había muerto a manos de Zhang Lu, y que éste había tirado el cadáver al fondo de una hoz, y que como había perdido la ropa en ello y estaba tapado por cosas, iba a elevar por los aires sus calzones para darle señal del lugar exacto en que se hallaba, pues así podrían localizarle.

A la mañana siguiente, fueron en busca del cadáver, y lo encontraron, sucediendo todo tal cual estaba predicho en el sueño.

Viendo entonces Zhang Lu que se había destapado el asunto, trazó un plan de huida; y estaba ya yéndose cuando se topó a Jing Kuang caminando hacia él. Venía de frente, cerrándole el paso, con un puñal en cada mano: Zhang Lu no pudo huir.

La madre de Jing Kuang informó entonces a las instancias oficiales del suceso con todo detalle, y Zhang Lu admitió la acusación.

16. Shi Mi fue un prefecto de Shanyin en tiempos de la dinastía Jin que había dado injusta muerte a Wan Mo, prefecto de Dianke, cuando ocupaba su cargo previo: el de censor imperial. Instantes después de que Shi Mi hubiera visto, a plena luz del día, cómo Wan Mo se le venía encima a matarle, expiró.

17. Hubo en tiempos de la dinastía Jin un gran comandante ecuestre llamado Huan Wen, displicente y áspero en el ejercicio de la autoridad, que se había hecho con grandes cantidades de riqueza y de poder, y que llevaba ya mucho tiempo albergando el deseo de apoderarse del trono imperial a traición.

Lo primero que hizo fue rebajar al emperador reinante a duque de Haixi, para poder entronizar a continuación al que era príncipe de Huiyi[40], y convertirle así en el emperador Jian Wen. Luego calumnió a Xi[41], que a la sazón era el primer ministro y príncipe de Wuling —un hombre muy superior a él en las artes militares, amigo de monterías y de viajes, de las recovas y los caballos, y a quien envidiaba desde siempre—, y solicitó que se le apartase del cargo oficial, así como a su hijo Zong. Más tarde, forzó al príncipe de Xincai[42] a enviar un documento sosteniendo que el primer ministro Xi y su hijo Zong, además de Yin Juan (un antiguo compilador y compositor de palacio),

---

[40] Se trata de Sima Yu, que era primo lejano del emperador destronado, al que sucedió. Al subir al trono, tomó el nombre de emperador Jian Wen y reinó solamente de 371 a 372 d.C., año en que falleció.

[41] Sima Xi, hermano pequeño del recién destronado emperador Jian Wen.

[42] Primo lejano del emperador en el trono.

Sou Qing (el notario mayor del primer ministro[43]) y otros, estaban maquinando una traición y, en consecuencia, pidiendo la ejecución de todos ellos. Pero una amnistía extraordinaria libró al primer ministro y a su hijo, tras lo cual se retiraron a la parte de Xinan.

En cuanto a por qué se dio muerte al compilador y compositor de palacio Yin Juan: cuando el comandante ecuestre Huan Wen estaba en Huo tiempo atrás, había degradado al padre de Yin Juan, de modo que Yin Juan se negaba luego a aconsejar —como era su deber— en las audiencias con Huan Wen, y además había preferido partir con el primer ministro Xi, lo cual había provocado las sospechas de Huan Wen.

A Sou Qing se le aplicó la más extremada pena de la Ley porque era un hombre de mucho talento, tenía un gran futuro político, y pertenecía a una familia cuya influencia en asuntos de estado había sido enorme durante generaciones.

El caso es que, poco antes de morir, el emperador ordenó que se nombrase regente y cabeza del estado al comandante ecuestre Huan Wen en tanto el Ilustre Heredero al trono fuese aún un niño, lo cual estaba perfectamente ajustado a precedentes reales del pasado establecidos por el príncipe Zhu Geliang[44]. E incluso así, Huan Wen siguió conduciéndose con gran incontinencia y despotismo, desconfiando mucho de muchos y temiendo perder su posición.

En una ocasión en que había ido el comandante ecuestre Huan Wen a mostrar respeto y veneración ante la tumba del emperador Jian Wen, y estando a un punto de hacer la postración ante el panteón, vio que dicho emperador se encontraba delante del túmulo, se componía las ropas, y le decía:

—Al borde de la perdición tengo ahora a mi casa y a mi estado, bajo mando de aquel a quien yo los entregué, abocados al fracaso.

—¡En absoluto es así, Majestad!, ¡en absoluto es así! —replicó el comandante ecuestre.

Cuando hubo regresado al carruaje, contó a sus allegados lo que acababa de sucederle, y les pidió, lleno de desasosiego, que le describieran al compositor y compilador Yin Juan. Contestaron que era un hombre grueso y bajo.

—Entonces no cabe duda —comentó Huan Wen—; es el que estaba ahora mismo con el emperador.

Al cabo de unos, el comandante ecuestre Huan Wen cayó enfermo y se hundió en una amargura tal que perdió la vida al poco tiempo.

---

[43]   Su muerte data, históricamente, del año 370 d.C.

[44]   Uno de los más famosos generales y estadistas de la historia de China, que vivió durante el período de Tres Reinos. Abundan las historias sobre él, notablemente en *Crónica de los Tres Reinos (Sanguozhi)*.

18. Yao Chang (nombre de cortesía: «Esclarecido y Hermoso») era un tibetano nacido en Chiting de tiempos de la dinastía Jin, hijo de Yao Yizhong, un hombre que había ocupado cargos políticos bajo la casa de Shi cuando Shi Jie[45] estaba a la cabeza.

Tras la caída de dicha casa de Shi, Yao Chang el tibetano se unió a su hermano Xiang en la guerra contra Fu Yonggu[46] que se libraba en Sanyuan; la perdieron, Xiang fue muerto y Yao Chang[47] se rebajó ante el vencedor. Fu Yonggu asalarió a Yao Chang, confiriéndole además autoridad nobiliaria y un señorío. Transcurrió el tiempo y Yao Chang ascendió a general con la distinción de «alto dragón» y con el control militar de las prefecturas de Liang y de Yi.

—A pesar de que el de «alto dragón» sea un título con el que nunca hemos distinguido a alguien no perteneciente a nuestra casa —le dijo Fu Yonggu en aquella ocasión—, hoy le ponemos al mando de la región de Nanshan con la alta estima y la gran posición que este título trae consigo.

Ya en tal puesto, Yao Chang el tibetano y el hijo de Fu Yonggu, que se llamaba Rui[48], lanzaron sus tropas contra la tribu de Murong Hong, fueron derrotados, y Rui muerto. Yao Chang despachó en seguida al notario mayor para informar del suceso a Fu Yonggu, admitiendo su culpabilidad. A Fu Yonggu le poseyó una cólera tal que dio muerte en el acto al emisario. Aquella ira en Fu Yonggu aumentó aún más el pavor que pudiera haberle tenido Yao Chang, de suerte que escapó éste del posible castigo yéndose a la prefectura de Xi, desde la que reagrupó a sus oficiales y a su infantería, y en la que estableció su señorío.

La tribu de Murong Hong continuó lanzando ofensivas y estrechando el cerco peligrosamente sobre un Fu Yonggu que empezó a ver seres monstruosos y cosas extraordinarias, y que acabó huyendo a los montes Wujiang. En cuanto se enteró de esto, Yao Chang el tibetano ordenó a su general de caballería mayor, llamado Wu Zhong, que partiera a dichos montes en su busca y captura. Le atraparon, le llevaron ante Yao Chang y éste lo encarceló. La tortura empezó aquel mismo día. Pero Fu Yonggu no sólo se mantuvo sin confesar dónde guardaba el sello imperial, sino que además estuvo insultando y tachando de criminal infame y de traidor a Yao Chang hasta que éste terminó por darle muerte, a continuación de lo cual se auto proclamó emperador; y no sólo eso: además dio de latigazos al cadáver[49] de Fu Yonggu, lo despojó de sus ropas

---

[45]   Monarca no chino del Estado de Shi.

[46]   Monarca tibetano de una corta, pero poderosa, Primera Dinastía Ji. Su biografía oficial se halla tanto en el capítulo 116 del *Libro de la dinastía Jin (Jinshu)* como en el capítulo 95 del *Libro de la dinastía Wei (Weishu)*.

[47]   Su biografía oficial se encuentra en *Historia de las dinastías al Norte (Beishi,* cap. 93). Su muerte, que narra nuestro relato, sucedió en 394 d.C.

[48]   Corregimos siguiendo a Cohen, 1982: 128.

[49]   El castigo al que se somete al cadáver resultaba extremadamente cruel si tenemos en cuenta que se creía que el espíritu *hun* seguía acompañando al cadáver durante varios años tras la muerte. *Véase*, por ejemplo, T. Pokora, «'Living corpses' in Medieval China -Sources and Opinions», en G. Naundort et alii

dejándolo totalmente desnudo, lo envolvió en una estera con pinchos y, tras haberlo exhumado así, lo dejó tirado en una fosa.

Yao Chang cayó luego enfermo y soñó que Fu Yonggu irrumpía en su campamento a la cabeza de varios oficiales del Cielo y de cientos de soldados—espectro de a pie; aterrorizado en extremo y lleno de pavor, salía gritando y huyendo de ellos a esconderse en una de las tiendas traseras del cuartel cuando un soldado, que venía en dirección opuesta y derecho a matar espectros, le dio un lanzazo en sus partes.

—¡Vaya puntería! —Comentaron los espectros con cierto júbilo—, eso sí que es dar en pleno centro neurálgico, ¿eh?

Al extraerle la moharra, borbotó sangre suficiente para colmar varias garrafas.

Yao Chang se despertó muy alterado. Descubrió que padecía una inflamación testicular, mandó que llamaran a un médico, se la sajaron y la sangre que salió fue tanta como en el sueño. Luego no pudo dejar de gritar histéricamente:

—¡No!, ¡no me tratéis injustamente, Majestad, que no fui yo el autor del crimen, fue mi hermano Xiang!

Yao Chang el tibetano murió a los tres días.

19. Li Xiongji fue un príncipe del reino de Shu, en tiempos de la dinastía Qin[50], que nombró heredero a su cuarto hijo varón, llamado Li Qi. Cuando éste ocupaba ya el trono, su tío Shou dio un golpe de mando y, tras haberle rebajado a duque de Angdu, le dio muerte.

Shou era un hombre ciertamente malévolo y odioso, perverso y envidioso al que las reconvenciones que le hacían el supervisor Cai She y otros de su rango, con la sola intención de rectificar su inadecuado obrar, le movieron a acabar con la vida de todos estos consejeros[51]. No había pasado de esto mucho tiempo cuando cayó enfermo y empezó a ver con frecuencia a Li Qi y a Cai She causando esas desgracias que acostumbran a causar los espíritus.

Murió vomitando sangre.

20. Hubo en tiempos de la dinastía Song dos vecinos de la subprefectura de Jing, de la prefectura de Gaoping, entre los que había enemistad: Zhang Zhao y Zhai Yuan. Ocurrió que alguien acabó sin más razón con la vida de Zhai Yuan cuando ocupaba el cargo de prefecto de Fangyu entre el 424 y el 453 en la era llamada Yuanjia, en tiempos

---

(eds.), *Religion und Philosophie in Ostasien: Festschrift für Hans Steininger*, Königshausen und Neumann, Würtzburg, 1985. Según dicho autor, el primer registro de la exhumación y fustigamiento de un cadáver se halla en *Historia (Shiji)* de Sima Qian, capítulo 66.

[50]   Reinado de 304 d.C. a 334 d.C. Desde 334 hasta 337 le sucedió en el trono su hijo Li Qi, tal como vemos en el presente relato. Tras éste, ascendió al trono Shou, quien lo ocupó de 337 a 343, año en que falleció.

[51]   Hecho acaecido en 341 d.C.

de la casa de Song, y todo el mundo dio en sospechar de Zhang Zhao, quien decidió retirarse de la vida pública a su aldea natal, a pesar de que le acababan de dar un cargo oficial en dicha subprefectura de Jing.

En cierta ocasión en que estaba Zhang Zhao cortando leña en el monte, apareció, arco en mano y flechas listas, un sobrino de Zhai Yuan —llamado Tong Wu— que le regaló con vino de arroz y viandas en el mismo cerro, a continuación de lo cual le dijo:

—¿Acaso hay alguna razón para vivir bajo el mismo cielo y bajo el mismo sol con el hombre que asesinó a mi tío?

Dicho lo cual, tomó el arco y le quitó la vida a flechazos.

Aquella misma noche, vio Tong Wu al hombre que acababa de matar.

—Como no fui yo quien mató a tu tío —le avisó éste—, no soy yo quien debía haber sido objeto de esta cruel injusticia. Hoy mismo he pedido al Señor en lo Alto que se me restituya la justicia, y por eso estoy aquí. He venido a por ti.

A continuación sacó un puñal y se lo hincó.

Tong Wu murió con grandes pérdidas de sangre.

21. Vivió en tiempos de la dinastía Song un hombre natural de Xiabei llamado Zhang Bai, perteneciente a una familia que había llevado la corona oficial durante generaciones, pero ahora venida a menos. En cierta ocasión, uno de sus vecinos se presentó de visita a pedirle la mano de una de sus nietas, cuya belleza era extraordinaria. La petición creó en alguien que, como Zhang Bai, venía de familia de alta alcurnia, un sentimiento de afrenta tal que se la negó, y el rechazo, a su vez, encendió tanto odio en el vecino que pegó fuego a la casa, y en el incendió pereció Zhang Bai.

Beng, el hijo de Zhang Bai, había partido de viaje antes que ocurriesen todos estos sucesos, así que sólo supo qué había ocurrido a su regreso. Al miedo que cogió a la cólera del vecino vino a sumarse el deseo que sentía por participar de su riqueza. No titubeó un punto en concederle la mano de la muchacha.

Al cabo de un año, Beng soñó que su padre le decía:

—En tanto hijo, tus actos van en contra del Cielo y de la obediencia filial más sagrada. Y encima traicionas a tu propia familia para allegarte a otra, te pones del lado de esa partida de asesinos.

Acabó de hablar, le aferró la cabeza y en ella le clavó una vara de melocotonero con punta.

El caso es que Beng cayó enfermo y, tras dos noches perdiendo sangre, murió. El mismo día en que murió, vio el vecino cómo abría la puerta el padre, entraba derecho hasta donde él se hallaba y, con los ojos enormemente abiertos, remangado a medio brazo, le decía:

—Malas obras y violentas hasta el extremo ha cometido apoyándose en su posición. Yo no tenía por qué haber muerto. He presentado una alegación ante el Señor en lo Alto y dentro de unos días comprobará por sí mismo qué tipo de restitución me han concedido. Mi crimen va a quedar saldado.

El vecino enfermó. Murió antes de que la vida le hubiera llegado a su término natural.

22. Lü Qingzu, natural de Yongkang, fue un hombre tan extremadamente acaudalado como bondadoso que vivió en tiempos de la dinastía Song. Solía dejar al cargo de uno de sus criados, llamado Xiao Zi, todo lo referente a una finca de recreo que tenía.

Pues bien, en una ocasión en que Lü Qingzu se hallaba de viaje oficial —en algún año entre el 424 y el 453 de la era llamada Yuanjia—, hubo alguien que le dio muerte sin más razón, y las acusaciones criminales recayeron sobre Di Wuqi, un familiar lejano que le tenía que devolver un gran préstamo.

Di Wuqi preparó entonces cordero, vino de arroz y carne macerada, se llegó hasta donde estaba el ataúd, aún sin sepultar, y lo entregó todo a modo de ofrenda, diciéndole:

—Hay quien sostiene que soy yo el responsable de la infame crueldad que os ha sobrevenido. Que vuestro espíritu etéreo *hun*, si aún no se ha disipado, me comunique quién fue el que la cometió.

Dicho lo cual, volvió a casa y esperó; y a medianoche vio cómo Lü Qingzu se le acercaba y le decía:

—No mucho tiempo atrás, estaba el criado Xiao Zi dividiendo arbitrariamente las parcelas de sembrado, así que le reprendí con violencia en cuanto lo vi. En seguida se fue a por un hacha, que me hundió en la espalda. Alcancé a morderle cuando me estaba metiendo un trapo por la boca. Pude partirle tres dedos. Entonces sacó un puñal y me lo hincó en el cuello. Me arrastró hasta la puerta trasera. Mis guardaespaldas y otros acompañantes estaban allí en el momento de mi muerte, pero no estaban conchabados con el sirviente[52], es sólo que no pudieron hacer nada para evitarla. Y ahora que estaba este sirviente con trazas de huir, le he clavado la cabeza contra el muro.

Dicho esto, desapareció.

Di Wuqi se lo contó a sus padres a la mañana siguiente muy temprano. Se dirigieron secretamente a ver aquel muro cercano a donde vivía el criado, y en verdad que en él hallaron un manojo de pelo clavado con bambú. Le miraron los dedos al criado: los tenía partidos. Hicieron una acusación formal contra éste y, durante la investigación, se declaró culpable.

—¿Por qué no saliste huyendo si habías cometido un acto tan indebido?, ¿acaso creías que te ibas a librar de la condena?

—Claro que quise huir —respondió el criado—, pero no pude. Tenía la cabeza como pegada a alguna parte.

---

[52] Añadimos esta frase siguiendo a Chen, 1992: 877.

La versión de los que habían presenciado el crimen casaba con la del propio criado, que murió en la hoguera con sus dos hijos varones.

23. Liu Yi fue nombrado gran general y prefecto de Jing al poco de que el emperador Gao el ilustre, fundador de la dinastía Song, hubiera sofocado la rebelión encabezada por Huan Xuan. Pues bien, nada más tomar posesión de su cargo, el gran general Liu Yi[53] mandó prender al maestro superior del templo budista de Niumu bajo acusación de estar ayudando a ocultarse en él al hijo del emperador, llamado Du, en calidad de *shamen*[54], y mandó también que mataran a cuatro bonzos a modo de castigo.

La noche siguiente, el gran general Liu Yi soñó que dicho maestro superior venía a decirle:

—¿Por qué habíais de asesinar a este pobre servidor de Buda?, ¿por qué cometer tal injusticia? Pero no importa. Ya he recurrido al Señor del Cielo en busca de restitución y mucho me temo que poco tiempo le queda de vida a su señoría.

A raíz de aquello, el gran general Liu Yi cayó enfermo, empezó a no poder tomar bocado y se fue quedando más y más magro. Más tarde, cuando trazaba una ofensiva contra la ciudad de Yangdu, viendo que muchos le ponían objeciones, llegó a atacar y a amenazar al primer ministro imperial, lo cual movió al emperador Gao «el Ilustre»[55] a enviar tropas con que someterle. El gran general Liu Yi fue derrotado en la batalla, mas logró cruzar las líneas enemigas cabalgando bajo la noche, y solo tal cual iba alcanzó el templo budista de Niumu con el propósito de acotarse en él.

—¿Pero cómo buscáis refugio aquí? —le preguntaron los bonzos—, ¿es que acaso no os dais cuenta de que, aunque entre nosotros no exista la idea de venganza, sois vos quien dio muerte injusta al maestro superior de nuestro templo y a nuestros hermanos? Además, nuestro maestro ha aparecido varias veces bajo forma de espíritu anunciando que iba a ser precisamente aquí, en el templo, donde el Señor del Cielo iba a prender y a matar a su excelencia.

El gran general Liu Yin exhaló entonces un doliente suspiro, salió del recinto del templo, se llegó hasta la parte trasera, se subió a un gran árbol que allí había, y se ahorcó.

24. Estando He Chang[56] —que a la sazón ocupaba el cargo de inspector en la prefectura de Jiaozhi— de inspección por la subprefectura de Gaoyao, distrito de

---

[53]   Su muerte data de 422 d.C. En su biografía oficial, que leemos en el capítulo 85 del *Libro de la dinastía Jin (Jinshu)*, no se dice que se ahorcara, sino que fue el emperador Gao quien le quitó la vida.

[54]   Novicio budista, bonzo recién ingresado en un templo. El término chino *shamen* es transcripción del sánscrito *sr ma era*.

[55]   Título póstumo que se concedió a Liu Yum quien fundara la dinastía Song en 420 d.C.

[56]   Su biografía oficial se puede leer en el capítulo 43 del *Libro de la dinastía Han posterior (Houhanshu)*, la cual no coincide con lo que narra nuestro cuento. Su ascenso a gobernador, históricamente

Cangwu, en tiempos de la dinastía Han, se hizo de noche y decidió pernoctar en un refugio llamado «El pabellón de los cisnes». Aún no sería media noche cuando, de los pisos altos de aquel refugio, bajó una mujer que, tras presentarse (dijo llamarse E Su y ser de la aldea de Xiuli, sita en Guangxin), narró lo siguiente:

—Soy huérfana desde pequeña y nunca tuve hermanos ni hermanas. Mi esposo murió muy pronto, dejándome apenas ciento veinte balas de varios tipos de seda y una sirvienta, que se llama Zhifu. Viéndome viuda y pobre, débil de salud e incapaz de seguir viviendo de aquel modo, pensé en ir por los pueblos de alrededor a vender aquella seda. Me alquiló Wang Bo, un hombre de mi aldea, un carro de bueyes por doce mil sapecas, y en él, con la seda y mi criada, llegué a este mismo pabellón el diez de abril del año pasado, con la luz del día ya agotándose en el cielo y tan vacíos los caminos que temimos proseguir viaje, y entramos aquí a cobijarnos.

»A media noche, le empezó a doler el estómago a mi criada, así que fuimos a la casa del guarda a pedir algún jarabe y brasas para prender un fuego. El guarda, que se llama Gong Shou, fue quien abrió la puerta. Con un cuchillo en una mano y una daga en la otra, nos llevó hasta el carro y me preguntó que de dónde éramos, qué llevábamos en él, y que si no tenía yo esposo, pues viajábamos totalmente solas. Pero yo sólo le respondí que por qué se interesaba tanto por nosotras. Entonces me agarró del brazo diciéndome:

»—Deberías saber que a un hombre como yo le gustaría mucho pasar un buen rato con una mujer hermosa como tú. Ven, verás qué bien lo vamos a pasar.

»Pero me dio tanto miedo que no fui donde él quería. Su puñalada me entró por aquí abajo, por estas costillas. Una sola bastó para matarme. Luego hizo lo mismo con Zhifu. Abrió un socavón en el piso de este mismo pabellón y en él nos enterró. Se quedó con todas nuestras pertenencias, acabó con los bueyes, quemó el carro y arrojó las piezas de hierro del carro y los huesos de las bestias al pozo que hay por ahí atrás, a la derecha del corral, que estaba vacío. Ya veis cuán injustas han sido nuestras muertes. Quisiera denunciarlas, pero no sé cómo ni dónde. Y si hoy me he atrevido a bajar y contaros todo esto ha sido porque os sé harto honrado y perspicaz.

—Sí, pero ¿cómo podría yo probar que en verdad sois vos los restos y la osamenta de ahí abajo, si os desentierro?

—Por las ropas, señor, que las llevaba blancas tanto en la parte de arriba como en la de abajo, y por los zapatos, que son de seda verde y aún no están corruptos.

He Chang excavó y, en efecto, allí encontró los cadáveres. Al instante, despachó guardias a por Long Shou, quien, tras haber sido interrogado, acabó confesando su crimen. A continuación, envio investigadores a la aldea de Xiuli y le corroboraron todo

registrado, ocurrió en 105 d.C. En el capítulo 16, fragmento 9 de Gan Bao *Relatos extraordinarios de la China medieval (Soushenji)* aparece una versión casi idéntica a la de nuestro relato presente. Hay traducción castellana en *Cuentos extraordinarios de la China medieval*, Lengua de Trapo, Madrid, 2000, pp. 126-28.

lo que Su había dicho. La familia del guarda en pleno, desde la madre hasta el padre pasando por los hijos y las hijas, fue encarcelada.

En el informe a sus superiores, He Chang escribió dos suplicatorias:

Aun considerando que sea infrecuente el ajusticiar a toda una familia, suplico que tanto el guarda Gong Shou como toda su familia sean penados con la muerte por su crueldad y porque son cómplices de haber guardado el secreto varios años, hecho éste que las leyes de Su Majestad no pueden permitir. Y, considerando también que los espíritus no formulan este tipo de acusaciones más que una vez cada cien años, suplico, en segundo lugar, que se dé muerte a los culpables y, así, se haga pública justicia a dichos espíritus, pues han sido ellos los que han desvelado el crimen.

Ambas fueron oídas.

25. En la época de la casa de Han, hubo un comandante en la comandancia de Mei llamado Wang Chun[57] (nombre de cortesía: «Bosque Incipiente») que llegó al refugio de Li el día en que a ella se dirigía para tomar posesión del cargo, un refugio en el que había espíritus asesinos, y decidió pernoctar en uno de sus pisos altos. Por la noche, apareció una mujer que le manifestó su deseo de presentar acusación por haber sido objeto de injusticia. Venía con el cuerpo todo desnudo. Wang Chun le alcanzó algo con que cubrirse y, entonces, ella se lo explicó:

—Yo soy la primera esposa del comandante en jefe de la comandancia de Fu. En cierta ocasión en que me dirigía hacia la sede de mi esposo, pasamos por este refugio y aquí dormimos. Fue el guarda del refugio quien me dio muerte, así como a más de diez personas, entre niños y grandes, que traía de compañía. Nos enterró aquí mismo, bajo el piso del refugio, tras haberse hecho con todas nuestras ropas y haberse quedado con todo nuestro dinero y demás pertenencias. Actualmente está de jefe de patrulla en esta prefectura en que nos encontramos.

—Me ocuparé personalmente de que se os haga justicia, pero debéis vos dejar de matar más vidas inocentes.

Dejó ella caer la ropa al suelo[58] y se fue.

Al atardecer del día siguiente, ya había prendido Wang Chun a aquel jefe de patrulla, ya le había interrogado y ya había obtenido su declaración de culpabilidad; apresó en seguida a los más de diez con que estaba confabulado, y los ejecutó a todos. Exhumó los despojos de los asesinados, para que sus familias pudieran darles la debida sepultura, y la paz y la tranquilidad reinaron en aquel refugio.

Por aquel entonces circularon estos dichos:

---

[57] Su biografía oficial se encuentra en el capítulo 81 del *Libro de la dinastía Han posterior (Houhanshu)*.
[58] Traducimos según la corrección de Chen, 1992: 874.

Nadie en el mundo mejor que Wang Chun si buscas seguridad.
Sabe hacer que las mantas vuelen y que los caballos anden,
Y hasta sabe conversar con los espíritus de los muertos.

Lo de «sabe hacer que las mantas vuelen y que los caballos anden» alude a otro asunto, también relacionado con Wang Chun, pero del que no hemos hallado documentación ninguna.

26. Hubo en tiempos de la dinastía Song un hombre, natural de Donghai, llamado Xu Mojia, cuya primera mujer —apellidada Xu— había fallecido al poco de haber alumbrado un niño: Tiejiu, «Almirez». Más tarde, Xu Mojia se casó en segundas nupcias con una descendiente de la familia Chen, una mujer malvada y falsa que tomó la resolución de eliminar a Tiejiu, y que dio a luz a otro varón.

—O eliminas a Tiejiu —amenazó a su hijo—, o jamás te tendré por hijo mío.

Y le dio por nombre Tiechu, «Mazo de Hierro», pues un mazo de hierro es lo que machaca bien a un almirez.

Y así es que empezó a pegar a Tiejiu con frecuencia y a maltratarle cuanto podía. No le daba de comer, ni ropa de abrigo en tiempo gélido. Y tenía ella campo libre para llevar a buen puerto esta resolución, castigando al chico con todas estas crueldades, no sólo porque era su esposo un hombre pusilánime por naturaleza sino también porque se ausentaba a menudo. El hecho es que, acosado por el frío, por el hambre, por la enfermedad, por los dolores y por las palizas, Tiejiu murió a los dieciséis años.

Apenas si habían transcurrido unos días de su muerte cuando, en espíritu, regresó de súbito a su casa, se encaramó a la cabecera de la cama de la madre, y le dijo:

—Soy Tiejiu, el mismo que tú aniquilaste con crueldad extrema sin haber cometido la menor falta. Escúchame: ya ha reclamado mi madre ante el Señor de lo Alto por esta injusticia, y hoy mismo uno de sus funcionarios ha accedido a que se me restituya… en tu hijo. Las enfermedades que yo sufrí, también él las sufrirá. La amargura que yo bebí, también él la beberá. Fijada está su hora. Y aquí estaré yo hasta ver cómo se cumple.

Su voz era exacta a la que tenía cuando en vida. Se la oyó por toda la casa. Y aunque nadie le vio, todos la oyeron bien. Se quedó encima de una viga, bajo la cual se arrodillaba la madre admitiendo sus culpas y presentándole ricas ofrendas[59] con frecuencia.

—Pero ¿será verdad lo que estoy viendo? —solía responderle el espíritu—. Primero me matas de hambre ¿y ahora piensas arreglarlo con estas pocas ofrendas? ¡Apártate de mi vista!

---

[59] Traducimos según la corrección de Chen, 1992: 855.

La madre maldijo secretamente al espíritu una noche, y al punto se escuchó la voz enfurecida que decía:

—¡Por culpa de tal osadía verás desplomarse las vigas de tu alcoba!

De golpe empezaron a oír ruidos de sierras cortando madera, seguidos de un desplomarse de columnas que producía un estruendo semejante a truenos, y como si la mansión entera estuviera a punto de venirse abajo salieron todos corriendo de ella, encendieron antorchas para ver qué estaba ocurriendo, y el edificio no había cambiado un punto.

—¡Y tú que también me diste muerte sin más razón —reprendió el espíritu a su hermanastro—, ¿te crees que vas a poder vivir tranquilamente en esta casa? ¡Fíjate bien cómo arde tu dormitorio!

Vio el muchacho que un fuego estallaba de repente, denso de humo y feroz de llamas, dentro y fuera de su cuarto, por toda la casa, un fuego que se extinguió solo al poco rato y que no dejó rastro ninguno de deterioro ni en las columnas de madera ni en la techumbre de paja.

Los insultos y las amenazas del espíritu se convirtieron en diarios. A veces las amenazas tomaban forma de canción, de una canción en la que reverberaban los ecos amargos de alguien a punto de morir en la flor de una vida malograda:

¿Por qué cayó el hielo tan pronto
matando la flor en el peral?
Ay esas ramas vacías,
¿por qué ya sin fruto están?

Tiechu contaba entonces seis años de edad y enfermó en cuanto el espíritu hubo regresado. Le dolía todo. Se le inflamó el vientre. Esputaba sin parar. No podía tomar bocado. Se le plagó el cuerpo de moratones por los palos que le daba el espíritu sin tregua. Al cabo de cosa de un mes así, expiró.

El espíritu se calmó. No se le oyó más.

27[60]. En tiempos de la casa de Wei, los logros políticos y el caudal del príncipe Sima Xuan[61] fueron creciendo tanto que, una vez hubo dado muerte al gran general en jefe del ejército imperial —el general Cao Xuang—, los indicios de sus aspiraciones al trono se fueron revelando con creciente claridad.

Simultáneamente, viendo que el emperador en el trono se hallaba tan dominado y embaído por sus grandes ministros que había perdido el control de facto del imperio,

---

[60] Existe una versión anterior y levemente distinta de este mismo relato en el capítulo 1 del *Libro de la dinastía Jin (Jinshu)*.

[61] *Cf.* Notas al tercer cuento *supra*.

hubo un prefecto de Yangzhou llamado Wang Ling[62] que quiso que el trono pasase a manos de Biao[63], el entonces señor del principado de Chu, pues pertenecía a la familia imperial y era un hombre a quien la mucha edad había dotado de una gran capacidad para el gobierno. Un prefecto, que se llamaba Hua, se enteró de estos planes y acusó a Wang Ling de traición contra el príncipe Sima Xuan; el príncipe en persona se puso a la cabeza de sus tropas, salió a campaña contra el prefecto Wang Ling y le cogió por sorpresa. Sabiéndose éste débil y en posición desfavorable, no le quedó otro remedio que presentarse en un gran junco ante el príncipe en son de paz, y rendirse a él. El príncipe le mandó bajo custodia a la capital del distrito. Y en el momento en que se aproximaban a la muralla de la ciudad, al pasar junto al templo de Jia Kui[64], el prefecto Wang Ling gritó:

—¡Sólo tú, Jia Kui, sabes bien que mi intención no ha sido nunca otra que la de entregarme en cuerpo y alma a la casa reinante y a sus deidades protectoras del Suelo y de los Cereales! Sí, sólo tú, que eres ya un espíritu divino, lo sabes bien.

A raíz de aquellas palabras le dieron a beber veneno, y ajusticiaron a tres ramas completas de su familia.

El príncipe Sima Xuan cayó enfermo aquel mismo año, y en cierta ocasión vio a plena luz del día cómo se le acercaba el prefecto Wang Ling, y cómo Jia Kui le enviaba malos influjos; gritó entonces el nombre de cortesía del prefecto, diciendo:

—¡Que Cai Yun me está atando!

Con el cuerpo cubierto de marcas de latigazos, el emperador moría al par de días.

28. Hubo en tiempos de la dinastía Wei un hombre llamado Zhi Facun, procedente de una familia bárbara, pero que había nacido y había sido educado en la prefectura de Guang, que había medrado enormemente gracias a su pericia en las artes médicas. Entre sus riquezas, contaba con diez alfombras persas, de cien motivos diferentes, cuyo brillo competía con la luz misma del sol, amén de una tabla para la cama de dos metros y pico, y hecha con una madera de sándalo tan fragante que perfumaba toda la mansión.

---

[62]   Cuya muerte data de 251 d.C.

[63]   Se refiere a Cao Biao. Recuérdese que la familia Cao reinaba en Wei, lo que significa que la treta que está urdiendo Wang Ling en nuestro cuento no iba encaminada a cambiar la dinastía no la casa imperial sino a coronar emperador a otro miembro de la casa ya reinante, es decir, a cambiar un emperador por otro dentro de la misma familia. A diferencia de Wang Ling, Sima Xuan sí está intentando derrocar a la familia Cao para instaurar en el trono a su propia familia, la familia Sima, como nueva familia imperial.

[64]   Renombrado militar de probada rectitud que fue deificado tras su muerte. Así se lee en el capítulo 292 de la *Recopilación general de la Era de la Paz Universal (Taiping guangji)*, donde, además, se dice que se le erigió un templo en la ciudad de Xiang y que su espíritu solía aparecerse en dicha ciudad, pues había estado muy encariñado de ella cuando vivía.

Pues bien, ocurrió que Shao Zhi, el primogénito del prefecto, que se llamaba Wang Tan, de aquella prefectura, pidió varias veces al médico Zhi Facun aquellos objetos, sin lograr que éste se los concediera, de resultas que el prefecto encarceló a Zhi Facun, le dio muerte, y pudo así requisar las propiedades y los animales que había en su casa.

Estaba, pues, Zhi Facun ya muerto, cuando apareció con forma visible en las dependencias oficiales de la prefectura, y se puso a dar mazazos en el tambor que estaba al pie de la Sala Mayor, y lo hacía de un modo tal que parecía ser un espíritu en busca de justicia.

Otro tanto siguió sucediendo más de un mes largo. El prefecto Wang Tan cayó enfermo, y estuvo viendo a un Zhi Facun que le perseguía a todas horas y le vigilaba sin descanso, hasta que murió. También su primogénito falleció, exactamente el día en que arribaba a Yangdu.

29. Hubo en tiempos de la dinastía Song un bonzo de vasto saber y mucho conocimiento, llamado Tan Mocheng[65], en quien había depositado el señor Juqu Mengsun[66] toda su estima y confianza. Pues bien, ocurrió en cierta ocasión que la casa imperial de Wei despachó a un embajador —llamado Li Xun— para reconocer a Juqu Mengsun príncipe de Liang, y para pedirle también a Tan Mocheng. Pero este príncipe, despechado, se negó a dejar que el bonzo abandonara su reino para irse a servir al de Wei. Anhelando el bonzo con todas sus fuerzas trasladarse a Wei, estuvo pidiéndole licencia hasta que la cólera de éste estalló, y dio muerte a Tan Mocheng.

No había pasado mucho tiempo cuando la guardia personal del monarca, a plena luz del día, pudo ver cómo el bonzo, espada en mano, se le echaba encima al príncipe, el cual murió de enfermedad muy poco después de todo esto.

30. Era frecuente en tiempos de la dinastía Han que los guardaespaldas de Wang Ji entrasen a la zona prohibida de las concubinas para recoger las ropas o cualquier otra cosa de su señor. En una de esas ocasiones, una de las sirvientas quiso yacer con uno de estos guardianes, a lo que éste se negó diciendo que temía que le castigaran por ello.

—Si no me tomas ahora mismo —le amenazó ella—, chillo que me venías a violar.

Tampoco entonces accedió el guardián, de suerte que la mujer empezó a dar alaridos diciendo que la querían violar.

---

[65] Bonzo muy famoso en sus tiempos cuya fama deriva no sólo de haber sido un gran traductor de obras budistas del sánscrito al chino, sino también por sus conocimientos médicos y su habilidad para curar enfermedades. Sin embargo, leemos en el capítulo 99 del *Libro de la dinastía Wei (Weishu)* que dicha pericia médica no era sino una tapadera para mantener relaciones sexuales con las princesas de la casa real; que, cuando el rey Juqu Mengsun lo descubrió, mandó que lo ejecutaran; que fue ejecutado hacia el año 432 d.C.

[66] Príncipe de Jingliang que murió un año después del bonzo Tan Mocheng, es decir, en 433 d.C.

Wang Ji ordenó que castigaran al guardaespaldas con la muerte. Éste explicó con detalle lo que había sucedido y formuló una alegación, pero su señor no le creyó.

—¡A los administradores del Cielo pienso acusarle por esta muerte injusta que me da!, ¡le acusaré! —gritó el guardaespaldas a su señor cuando se vio a rastras camino del degolladero.

Poco después, Wang Ji cayó enfermo y se encontró de súbito con aquel guardaespaldas frente a sí.

—Hoy, Majestad, es vuestro turno para morir, en pago a no haber comprobado lo que dije.

A los pocos días, en efecto, Wang Ji falleció.

31. Vivió en tiempos de la casa de Han un general de la guardia montada palaciega de los Caballeros del Bosque Emplumado llamado You Yin que llevaba ya muchos años enredado en cierta diatriba contra el coronel en jefe de los guardaespaldas, cuyo nombre era Hu Zhen. Pues bien, ocurrió que éste acriminó falsamente a aquél, y se le dio muerte.

Había muerto You Yin hacía más de un mes cuando enfermó Hu Zhen, perdió la nitidez en la mirada, y estuvo repitiendo constantemente «confieso mi crimen, confieso mi crimen, confieso mi crimen» hasta el día en que You Yin volvió, acompañado de varios espíritus. Esto sucedió el mismo día que murió Hu Zhen.

32. Hubo en tiempos de la dinastía Jin un subprefecto de Fuyang, llamado Wang Fan, cuya esposa Taoying —que era de una elegancia y una hermosura desacostumbradas— mantenía relaciones carnales con Ding Feng y con Shi Huaqi, pertenecientes ambos a la oficialía.

Pues bien, en cierta ocasión en que el subprefecto Wang Fan había salido de inspección y no estaba aún de vuelta, ocurrió que el inspector Sun oyó un cierto frufrú de sedas y un cierto tintineo de collares y pendientes saliendo por una de las ventanas de Ding Feng, espió por una rendija que en ella había y le vio acostado con Taoying; estaban los dos bajo una sola sábana. Dio unos golpes en el cristal de la ventana y les llamó la atención a voces, tras lo cual Taoying se levantó, se compuso las faldas, se arregló los bucles, se calzó y regresó a sus alcobas. Pero es que el mismo inspector Sun reparó en que Shi Huaqi llevaba un pequeño colgante con almizcle del de Taoying al cinto.

Temiéndose ambos hombres que el inspector fuera a acusarles ante el subprefecto Wang Fan, se adelantaron ellos con otra acusación: la de que era el inspector quien mantenía una secreta relación sexual con Taoying, con tal suerte que un encolerizado subprefecto, sin haberse detenido a esclarecer el asunto, dio muerte al inspector Sun.

En el juicio, había habido un miembro que había apoyado fuertemente la condena a muerte de Sun, un hombre llamado Chen Chao. Pues bien, en cierta ocasión en que este Chen Chao iba a ver al ex subprefecto Wang Fan —cuando éste residía en su aldea natal, ya retirado de su cargo—, le ocurrió que no había hecho más que llegar al pie del monte

Zhiting cuando estalló una gran tormenta llena de rayos y de truenos que oscureció a la misma luz del sol, de súbito alguien le aferró por las axilas y le fue arrastrando hasta dejarlo tirado en medio de una ciénaga perdida, y allí, al resplandor de un relámpago, vio iluminarse un rostro entre negro y azul: el de un espíritu con ojos sin pupilas.

—Soy Sun, tu antiguo inspector. Hace tiempo que formulé ante el Señor del Cielo una acusación pidiendo que se me haga justicia y hace tiempo que mi acusación ha sido oída. Desde entonces llevaba esperándote aquí; por fin nos vemos las caras.

Chen Chao hizo tantas postraciones ante el espíritu pidiendo clemencia, dándose con la frente en tierra tantas veces que empezó a sangrar por ella.

—Ya que fue el subprefecto Wang Fan quien incoó mi proceso —siguió el espíritu—, tal vez sea por él por quien debiera empezar matando, ¿verdad? En cuanto a Taoying, sabe que los muy rigurosamente honrados Jia Jingbo[67] y Sun Wendu[68], trabajando unidamente en el Salón de lo Oscuro que hay bajo el monte Tai[69], tienen ya escrito en el *Registro de los vivos y los muertos* que su espíritu irá a parar al Pabellón Azul de las Mujeres, en el tercer círculo de las prisiones subterráneas, más hondo que las mismísimas Fuentes Amarillas[70], donde será tratada tal merece.

Lució el sol, y desapareció el espíritu de donde estaba.

Nada de esto contó Chen Chao a Wang Fan cuando le visitó en la ciudad de Yangbu, ni tampoco que, estando aún con él, volvió a ver al espíritu llegando desde la calle y entrando directamente hasta la colgadura de cama de Wang Fan.

[67] Nació en 30 d.C. y falleció en 101 d.C. Fue un alto cargo oficial en la corte, además de un alto letrado muy estimado y admirado por su saber, su extremada piedad filial y su perfecto obrar, concorde con la etiqueta y la educación más tradicionalmente confucianas. Su capacidad para interpretar augurios celestiales era fama, tal como se lee en el capítulo 36 del *Libro de la segunda dinastía Han (Houhanshu)*. Recuérdese que el puesto de intérprete de augurios celestiales, por medio de los cuales el Cielo enviaba admoniciones, amonestaciones o parabienes futuros al emperador, tenía una importancia política clave. La función de alguien como Jia Jingbo era precisamente la de descifrar esos hechos extraordinarios en términos comprensibles para el emperador, el cual cambiaba o no de política imperial o de comportamiento personal según lo que dijeran tales desciframientos. Uno de los mejores artículos al respecto es W. Eberhard. «The Political Function of Astronomy and Astronomers in Han China», en J. K. Fairbank, ed., *Chinese Thought and Institutions*, Chicago University Press, Chicago, 1957.

[68] Según el capítulo 88 del *Libro de la dinastía Jin (Jinshu)*, era un hombre modélico en lo que toca a su obediencia y amor filiales, a su bondad, a su piedad y a su compasión; es decir: todo un modelo. Según dicha obra, a su muerte, un misterioso anciano vino a llorarle; de ahí que se creyera que su espíritu tenía poderes extraordinarios. Murió hacia 350 d.C.

[69] Encontramos una somera descripción del Más Allá. Se lo concebía como un espacio subterráneo situado debajo del conocido monte Tai, monte en el sabemos que se celebraban ceremonias imperiales relacionadas con los espíritus y las divinidades, como la llamada *zhao hun*, es decir, «la búsqueda del espíritu».

[70] Espacio al que descendían los espíritus de los muertos. La creencia data al menos del siglo III a.C., pues está documentada en *Los comentarios de Zuo (Zuozhuan)*, obra del siglo IV a.C. En tiempos de Yan Zhitui, a causa de la expansión del budismo por China, dicha creencia autóctona cambió y el resultad fue que el Más Allá se amalgamó con el Más Allá que había importado el budismo desde la India.

Aquella misma noche, unos instantes después de haber caído dormido, tuvo Wang Fan una visión de algo horrible echándosele encima, una visión de la que no fueron capaces de despertarle por muchas voces que estuvieron dándole a su lado. De modo que trajeron un buey gris y lo dejaron junto a él, y también colgaron en la cabecera de la cama, a la derecha, una figurilla humana tallada en madera de melocotonero; al alba, en efecto, pareció despabilarse.

No habían pasado diez días cuando expiró. Su esposa Taoying murió sufriendo. Chen Chang se recluyó en el templo de Changgan, donde mudó de nombre y pasó a llamarse He Gui.

Transcurrieron cinco años y, en una ocasión —exactamente el tres del tercer mes[71] de aquel año— en que Chen Chao, tras una buena cantidad de vino de arroz, se hallaba a orillas del agua, se dijo en voz alta:

—Ya está. Se acabó. Con el festival de las purificaciones pasado, ya no hay por qué tenerle miedo al espíritu.

Dicho lo cual, dejó caer la vista sobre el agua y en el cauce reparó en la silueta del espíritu, de quien recibió un puñetazo tal que le empezó a salir abundante sangre por la nariz, tanta que podría haber colmado una garrafa de arroba, tanta que murió al par de días.

33. Zhang Jun[72] fue un hombre que, en tiempos de la casa de Jin, tenía bajo control militar la prefectura de Liang. Le tenía una mortal envidia a su general de campaña Yin Jin, por venir éste de una familia influyente y poderosa desde siempre, llena de victorias para el Estado. Así que indujo al general contable —que a la sazón era Wei Zhuan— a que acusase al general de campaña Yin Jin de estar maquinando una traición, con el resultado de que pudo apresarle y castigarle con la pena de suicidio forzoso.

A los tres años de aquello, Zhang Jun vio al general Yin Jin junto a él, y al punto enfermó de algo que le llevó a la tumba.

34. Hubo en tiempos de la casa de Jin un prefecto en Luling llamado Yang Shan de una brutalidad y de una aspereza, de un despotismo y de unos deseos por emparentarse con la casa imperial en verdad desaforados, que castigaba con la muerte la más mínima mirada de soslayo. De modo que Yu Liang, el general en jefe de las tropas imperiales destinadas al occidente, le enjauló y le mandó a la capital, acompañado de un pliego en el que detallaba las noticias que de este prefecto había oído.

Los funcionarios con la debida autoridad sometieron un memorándum al emperador, en el que exponían que el prefecto Yang Shan no sólo había dado muerte tanto a funcionarios de la Administración como a mandos militares de la prefectura a su cargo,

---

[71]   La fecha coincide con un muy extendido ritual de purificación y eliminación de todo lo malo.

[72]   La biografía oficial se halla en el capítulo 99 del *Libro de la dinastía Wei (Weishu)*.

amén de a hombres del pueblo y al famoso acusado de bandidaje Jian Liang, sumando en total doscientas noventa personas, sino también que había desterrado a más de cien, por lo cual correspondería aplicarle la pena de decapitación en plaza pública con exposición posterior de la cabeza en un cruce de caminos. Pero que, a pesar de todo ello, pedían se aplicase el artículo de las Ocho Exenciones[73] del *Código de la dinastía Zhou*.

El emperador Zong les contestó con un rescripto que decía:

No habiendo habido ningún caso como éste ni en el hoy ni en el ayer, aprobarlo significaría sentar un precedente tolerante de hechos que son intolerables, de suerte que todo se volvería tolerable. No ha lugar la aplicación de las Ocho Exenciones. Que se encarcele al reo con orden de suicidio forzoso.

Las peticiones de clemencia se fueron sumando. Primero, Yang Ben, hermano mayor del condenado, envió a palacio un pliego manifestando su deseo de disolver el matrimonio con la princesa del principado de Nan, por medio del cual se había emparentado con la casa imperial, en señal de protesta por la ejecución. El emperador denegó esta petición. Luego, una sobrina del condenado, que estaba casada con el príncipe de Langya, también pidió clemencia con el corazón lleno de dolor. En fin, hasta su excelencia el gran ministro del pueblo Wang Dao manifestó su opinión de que «aunque no se debería remitir la pena, sino que se le debía infligir la capital, considerando el lamentable estado de salud en que se halla por sus muchos pesares la primera esposa del príncipe de Nan, y contando con la extremada piedad de Su Majestad, convendría permitir que Yang Shan viviera hasta el término natural de sus días».

Como contestación, el emperador dictaminó:

Considerando que Yang Shan es el único tío de la primera esposa del príncipe de Nan; considerando que las palabras de ésta convocan lágrimas en los ojos acompañadas de sangre por lo hondo de su pesar ante la pérdida de dicho familiar, y considerando también que, cuando murió nuestra propia madre, fue ella quien nos cuidó con el amor de esa madre que nos faltaba, ¿seríamos capaces de contemplar impertérritos su muerte, viéndola hundirse en el dolor intolerable por la muerte de su tío? Resolvemos, en consecuencia, perdonar la vida de Yang Shan en aras de una mejor recuperación de la primera esposa del príncipe de Nan, cuyo amor por su tío no tiene par.

Y avillanó a Yang Shan.

No había transcurrido mucho tiempo cuando éste cayó gravemente enfermo, y empezó a ver a Jian Liang y a los demás con que había acabado a todas horas.

---

[73]   En el (por así llamarlo) Código de la antigua dinastía Zhou, que se encuentra en la obra *Los ritos de la dinastía Zhou (Zhouli)*, se detalla qué ocho clases de personas podían ser eximidas de penas *corporales*. Se trataba de los más altos cargos del reino, tanto nobles como allegados al rey. Tal trato perduró hasta el Código de la dinastía Qin, *cf.* Han Fei, *Libro del maestro Han Fei* (Tecnos, Madrid, 2023, pp. LXXII-LXXXVI). Las «ocho exenciones» de la dinastía Zhou, que se denominaban *ba ci*, pasaron a llamarse «ocho exoneraciones, *ba yi*» bajo la dinastía Han y así se las siguió denominando bajo las demás dinastías, desde el período de Tres Reinos hasta la dinastía Qing.

—¿Acaso creías que se iba a tolerar tanta injusticia? —preguntaron éstos a Yang Shan cierta noche que se le aparecieron en pleno—. En las Fuentes Amarillas nos han extendido un permiso, así que aquí estamos hoy. Hemos venido a por ti.

Antes de que amaneciera aquella noche, Yang Shan caía muerto.

35. Hubo en tiempos de Jin un hombre —natural de Huiyi— llamado Kong Ji, cuyo saber era extenso e intachable su rectitud, que se encargaba de la educación de dos hijos de Kong Chang, un familiar en segundo o tercer grado suyo. Al tratarse de dos chicos propensos al mal que desobedecían las normas constantemente, Kong Ji se vio en la obligación de ponerlo en conocimiento del padre en repetidas ocasiones, por lo que los chicos se enfurecían contra el maestro y mostraban una fuerte aversión hacia él.

Al padre le llegó la hora de la muerte. Kong Ji dejó que se cumpliera el período de luto estipulado y, echando de menos al fallecido, se encaminó hacia su casa, portando ofrendas de vino de arroz y vianda de cordero, con la intención de dar el pésame a los hijos. Pero éstos, que aún le guardaban encono, ordenaron a un criado que le saliese al paso y le diera muerte.

Estaba este criado ya de vuelta, pero aún a medio camino, cuando vieron los hijos que llegaba Kong Ji con unos ojos enormemente abiertos y remangado hasta medio codo.

—¡Inmundos seres con cara de hombre y corazón de animal! —les reprendió con dureza—, ¿qué oscura inquina me tenéis a mí, en quien vuestro padre depositó su confianza? ¿Cómo os atrevéis a mandar a alguien que me mate?, ¡a mí, que siempre aprecié a vuestro padre, que le sigo añorando con todo mi corazón! Insultáis al Cielo y deshonráis la memoria de vuestro progenitor. Nadie, hombre o espíritu, os perdonaría esto que habéis hecho. De modo que seré yo quien siegue para siempre los brotes de vuestra estirpe.

El caso es que desde aquel día empezaron a ver al maestro a todas horas. En una ocasión en que el mayor de los hermanos se dirigía al excusado, se sintió ahogar sin motivo aparente, cayó al suelo y, cuando llegaron a ver qué le pasaba, yacía por tierra ya sin vida. El siguiente murió de cierta enfermedad al poco tiempo. Ninguno dejó descendencia.

36. En tiempos de Jin, cinco años después de que You Liang[74] hubiera dado muerte a Tao Cheng, estando aquél en una junta con varios de sus oficiales civiles y militares en el invierno del año quinto de la era llamada Xiankang, de súbito se pusieron en pie todos los presentes e hicieron una reverencia de bienvenida en dirección a las escaleras. You Liang les preguntó alarmado por qué hacían así.

---

[74] Su muerte está datada el 22 de febrero de 324 d.C.

—Porque acaba de entrar el conde Tao, padre de Tao Cheng —le respondieron unánimemente.

De modo que el propio You Liang se incorporó también para dar la bienvenida a aquel hombre ya muerto hacía muchos años. Venía el conde flanqueado por sendos caballeros portando acusaciones contra You Liang por injusticias cometidas antaño, de suerte que no perdió éste un instante en mandar a sus más de diez guardaespaldas que desenvainasen las espadas y empuñasen las alabardas, momento en que el conde dijo:

—Tú que me pagaste el cargo que te cedí ajusticiando a mi único hijo, dime, pues para preguntarte he venido, ¿es que acaso había cometido él algún crimen? El Señor en lo Alto ya ha aprobado que me sea restituida la justicia. ¡Contesta!

You Liang perdió totalmente la capacidad de articular palabra, luego se retiró a reposar, y a los ocho años y un día, expiró.

37. Du Bai fue un Grande en la corte del príncipe Xuan, en tiempos de la dinastía Zhou. En cierta ocasión, la esposa del príncipe, Nüjiu, deseó carnalmente a dicho Grande, pero él la rechazó. Nüjiu presentó entonces una acusación formal ante el príncipe su esposo diciendo que había sido él, Du Bai, quien había deseado tener comunicación sexual con ella. El monarca le creyó, encarceló a Du Bai en Jiao y dio orden a dos hombres de su confianza, a Xue Fu y a Qi —el gran ministro de obras—, que se ocuparan de la ejecución. Zuo Ru, un amigo del condenado, pidió clemencia al príncipe nueve veces, pero nunca le fue concedida.

Estando ya muerto, Du Bai se le apareció al príncipe con forma humana, y le preguntó:

—¿Pero es que acaso he cometido yo crimen alguno?

El príncipe mandó llamar a un chamán y le expuso lo que Du Bai le había dicho.

—¿Con quién concibió Su Majestad el plan de ajusticiarlo? —interrogó el chamán.

—Con Qi, el gran ministro de obras.

—Entonces, para restituir a Du Bai la justicia —siguió el chamán—, ¿no deberíais ajusticiar al gran ministro de obras?

El monarca dio entonces muerte a Qi, y el chamán la ofreció a Du Bai a modo de restitución de la justicia. Mas Du Bai volvió a aparecerse al príncipe con forma humana, insistiendo en que él no había cometido ningún crimen, y otro tanto hizo el gran ministro de obras, quien le dijo:

—¿Pero es que he cometido yo crimen alguno?

El príncipe informó entonces a Xuan Fu —un consejero suyo— de todo aquello, diciéndole:

—Cierto es que el chamán les ha dado muerte con la intención de ayudarme a mí, pero ¿qué hacer si estos dos ejecutados vienen ahora a pedirme que les haga justicia?

—Matar al chamán a modo de petición de perdón, que así se calmarán.

El príncipe ejecutó al chamán al tiempo que daba muestras de, con ello, estar pidiendo perdón a Du Bai y al gran ministro de obras. Pero tampoco aquello surtió el efecto esperado, pues los tres se le aparecieron bajo forma humana.

—¿Pero acaso podía yo a saber? —le cuestionó el chamán recriminatoriamente—. Y ¿por qué se toman mis obras como si fueran un crimen?

Transcurrieron tres años y, en cierta ocasión en que el príncipe Xuan se encontraba en una excursión de recreo por los campos del coto imperial de caza con tal cantidad de acompañantes que toda parte alrededor estaba llena de ellos, ocurrió que apareció Du Bai al mediodía, montado en un carruaje tirado por un caballo blanco, con el gran ministro de obras Qi a la izquierda y el chamán a la derecha, y con hombres tocados de sombreros colorados apareciéndose en el lado izquierdo del camino. Con arcos colorados y flechas rojas, dispararon al monarca, acertándole en pleno corazón y quebrándole el espinazo de tal modo que murió partido sobre la funda de su arco.

38[75]. En el estado de Yan, ocurrió que el conde Jian ejecutó a su ministro Zhuang Ziyi sin que hubiera cometido ninguna infracción.

—Si perdemos la conciencia una vez muertos —había dicho Zhuang Ziyi antes de morir—, entonces aquí acaba todo. Mas si la conservamos, tenga por seguro el conde de Jian que en menos de tres años así se lo haré ver.

Al año siguiente, estaba el conde en el pantano de sus antepasados haciendo las ofrendas —pues era aquel pantano para la casa de Yan lo mismo que el bosquecillo de moreras para los miembros de la casa de Song[76], esto es, el mayor altar para sacrificios del reino al que acudían todos los siervos, tanto hombres como mujeres—, cuando ocurrió de repente que apareció Zhuang Ziyi a la orilla izquierda del camino, cortó una rama roja y con ella apaleó al conde hasta dejarle sin vida en su propio carruaje.

39. En tiempos de Han, el prefecto de Fufeng, que a la sazón era Wang Hong (nombre de cortesía: «Longevo y Sabio»[77]), y el gran ministro del pueblo, Wang Yun, se volvieron los objetivos de ataque y eliminación de la camarilla de Li Jue. El inspector general Hu Shen, que tenía una aversión extremada por dicho prefecto Wang Hong, aprovechó la coyuntura para encarcelarle y acabar con el asunto.

---

[75] Existe una primera versión de este relato en el capítulo 31 del *Libro del maestro Mo (Mozi)*. Dicho capítulo se titula «Aclaraciones sobre los espíritus, *ming gui*» y se centra en la exposición de la tesis de que los espíritus existen y regresan al mundo de los vivos para interactuar con éstos de muchas maneras diferentes. Tal capítulo consiste, pues, en un valiosísimo conjunto de hechos con validez histórica, en una extensa relación de espíritus que regresaron al mundo de los vivos. Se puede leer un análisis algo más detallado de dicho capítulo en *Cuentos fantásticos chinos* (Cátedra, Madrid, 2023, pp. 15-17).

[76] El «bosquecillo de moreras» se refiere a un lugar sagrado para la realización de ofrendas religiosas. Cuando la casa de los Zhou derrocó militarmente a la casa reinante precedente, es decir, a la casas de los Shang (que en nuestro relato es llamada «casa de Song») en unos terrenos determinados que recibían el nombre de «Estado de Song». En dichos terrenos, la antigua familia real tenía libertad de culto. Un análisis más detallado del «bosquecillo de moreras» se encuentra en M. Granet, *Danses et légendes de la Chine ancienne*, Presses Universitaires de France, París, 1959, vol. 2, pp. 441-465.

[77] Puede leerse su biografía oficial en el capítulo 66 del *Libro de la dinastía Ha posterior (Houhanshu)*.

—Ah, mezquino Hu Shen —le advirtió el prefecto instantes antes de recibir muerte[78]—, no te regocijes en la desgracia ajena, que la desgracia también a ti te alcanzará.

Hu Shen cayó enfermo. Empezó a serle imposible sostener la cabeza levantada. Se le quedaron los ojos como dormidos. Y en tal estado vio al prefecto, estaca en mano, echándosele encima. Recibió de estacazos; expiró a los pocos días.

40[79]. La emperatriz Song, primera esposa del emperador Ling de la casa de Han[80], a pesar de que seguía manteniendo su sumo rango en palacio, había dejado de recibir las visitas y los favores de su esposo, así que empezaron a tramar las otras concubinas menores, que eran muchas y favorecidas por las visitas del emperador, cómo podrían deshacerse de ella.

El asunto empezó con que el sirviente regular de palacio llamado Wang Fu ejecutó injustamente al príncipe de Liuhai, que a la sazón era Yan Kui, junto a su primera concubina, pues era precisamente tía de la empreatriz Song.

Temiéndose entonces Wang Fu que la emperatriz fuera a descargar contra él su cólera, maquinó, con la ayuda de Cheng He, el Grande del Gran Palacio, eliminarla bajo acusación de practicar artes siniestras y de dominar fórmulas y encantaciones. El emperador Ling les creyó, retiró a la emperatriz el sello imperial y el sedal, y ella se recluyó voluntariamente a la Cámara Aislada, donde murió de pena[81]. Por añadidura, su padre y sus hermanos fueron ejecutados. Y todos en palacio, desde los sirvientes regulares hasta los oficiales de las Puertas Amarillas Menores y Mayores, se apiadaron de aquella familia, la Song, ejecutada sin culpa ninguna.

El caso es que, más tarde, el emperador soñó que su predecesor, el emperador Huan[82], le decía:

—¿Pero qué falta o crimen cometió la emperatriz Song? ¿En base a qué ordenaste que le segasen la vida?, ¿a las tergiversaciones de unas cuantas concubinas depravadas? Primero avillanas al príncipe de Liuhai y luego lo ejecutas. Sabe que los dos, la emperatriz y el príncipe, han presentado sendas acusaciones contra ti ante el Cielo, encendiendo furia en el Señor de lo Alto al escucharlas; eres culpable, y nada ni nadie te podrá librar del castigo.

---

[78]   Hecho histórico acaecido en el año 192 d.C., según se lee en el *Libro de la dinastía Han posterior (Houhanshu)*, capítulo 66.

[79]   Existe un relato semejante en el *Libro de la dinastía Han posterior (Houhanshu)*, capítulo 10.

[80]   Reinado de 168 d.C. a 188 d.C.

[81]   Su fallecimiento está datado en el año 178 d.C. *Cf.* C. S. Goodich «Two Chapters in the Life of an Empress of Later Han», *Harvard Journal of Asiatic Studies*, numeros 25 (1964-5, pp. 165-77); 26 (1965-6, pp. 187-209) y 28 (1968, pp. 206-212).

[82]   Reinado de 147 d.C. a 167 d.C.

Con tan extremada nitidez y perfección se le habían presentado las imágenes del sueño que, no habiendo hecho más que despertarse, lleno de temor llamó al Supervisor en la Izquierda de la guardia montada palaciega de los Caballeros del Bosque Emplumado —que era Xu Yong— para preguntarle:

—¿Qué significa el sueño?, ¿se trata de un mal augurio que podríamos aplacar por medio de ofendas?

Una vez que hubo terminado de escuchar atentamente al emperador, Xu Yong le contestó que el sueño decía con claridad meridiana que ni el príncipe de Liuhai ni la emperatriz Song eran culpables de nada, y agregó que para aplacar a sus espíritus airados en busca de justicia debían volver a celebrar los ritos funerales y los sepelios, pero ahora según el rango y condición que les era propio, y debían asimismo reacoger al resto de la familia Song que quedaba en el destierro, y también restituir el principado de Liuhai al príncipe heredero, pues sólo así eliminaría toda posible calamidad o infortunio.

El emperador, que había desatendido estos consejos, murió al poco tiempo.

41[83]. Xu Guang era un hombre que, en el reino de Wu, solía mostrar sus artes por las ciudades: plantaba semillas de peral, de palma o de castaño y, al punto, ya habían salido los frutos, que se comía allí mismo; y por cuantos se iba comiendo, otros tantos iban desapareciendo a los vendedores de tales frutas. Además, acertaba siempre en sus augurios de inundación y de sequía.

Al pasar por la puerta de la residencia del gran general Sun Lin, solía levantarse la túnica y acelerar el paso pinzándose las fosas nasales con dos dedos. Sus acompañantes le preguntaron un día el motivo.

—Porque corre sangre por debajo de esa puerta y huele mucho a muerto alrededor —les contestó.

El general Sun Lin se enteró de lo que había dicho Xu Guang y le ejecutó. Ni una gota de sangre salió al decapitarle.

Después de todo aquello, y después ya de que el gran general Sun Lin hubiera depuesto al emperador niño Sun Liang y coronado en su lugar al que sería emperador Jing, en cierta ocasión en que se disponía a partir hacia el panteón del emperador fundador de la dinastía para cumplir con los ritos, en el momento justo en que se subía a su carruaje, el carruaje volcó, y, desde el suelo, vio el gran general a Xu Guang sentado en lo alto de un pino dando palmadas de alegría, señalándole y carcajeándose de él. Preguntó a sus guardaespaldas si le habían visto, y la respuesta fue que no, y a partir de entonces le tuvo terror. Al poco de suceder aquello, el emperador ordenó la ejecución del gran general Sun Liang.

---

[83] El presente relato se halla también en el capítulo 1, fragmento 14 de Gan Bao, *Indagaciones acerca de los espíritus y las divinidades (Shoushenji)*. En castellano, puede leerse en Gan Bao, *Cuentos extraordinarios de la China medieval* (Lengua de Trapo, Madrid, 2000, pp. 124-5).

42. Fue Zhang Shan un prefecto de Yangdi en tiempos de la dinastía Qi al Norte. Desabrido, protervo y extremadamente avaricioso, su mala fama se había ido propagando a los cuatro vientos y tan extensamente que el Departamento de las Orquídeas de la corte imperial se vio obligado a mandar al notario imperial Wei Huijun que le juzgase; y halló éste tanto crimen y tanto robo en el prefecto, tanta violación de las normas, que la pena correspondiente había de ser la capital. El notario imperial le encarceló.

Estando el prefecto en prisión, despachó a alguien con una apelación a instancias superiores en la que, tergiversando los hechos, acusaba al notario imperial de haber sido él quien se había apoderado de los bienes del pueblo, y, en consecuencia, de haberle investigado y encarcelado injustamente.

El enfado en que tal apelación puso al emperador Wen Xuan fue tremendo, pues consideraba que riguroso correctivo merecía todo aquel oficial de la ley que la hubiese aplicado torcidamente en beneficio personal, de modo que ordenó al prefecto de los Maestros Escribanos de la Izquierda, que por aquel entonces era Lu Fei, que investigara el caso a fondo desde el principio. Pero Lu Fei, alguien poco íntegro, se limitó a formular una acusación de violación de la ley contra el notario imperial sin haber esclarecido el caso a fondo, y a remitirla a palacio pidiendo para dicho notario la pena de decapitación en plaza pública con exposición posterior de la cabeza en un cruce de caminos.

El notario imperial envió entonces una nota al gran notario en jefe, en la que decía así:

A vos, Señoría, que habéis seguido de cerca mi caso y que ahora me veis en este lamentable estado, suplico que junto a mi cadáver se coloquen quinientos rollos, dos pinceles y una barra de tinta. Que si en verdad el espíritu vive Más Allá de la muerte, no faltará quien me vengue.

Extremadamente apenado y plañente, el gran notario en jefe veló por el sepelio de su subordinado Wei Huijun, y se ocupó personalmente de que metieran en su lucillo los enseres de escritura.

Quince días más tarde, el prefecto Zhang Shan enfermó y empezó a repetir única e ininterrumpidamente estas palabras: «perdón, perdón, pido perdón». No habían transcurrido más de diez cuando expiró.

Al cabo de dos meses, el historiador oficial imperial Wei Shou acriminó a Lu Fei por haberse mofado de y criticado lo que había escrito en la *Historia oficial de la dinastía Wei*[84]. El emperador, bajo cuyo auspicio y dirección se había hecho tal *Historia…*, castigó a Lu Fei con la pena de suicidio forzoso: beber vino envenenado con plumas de serpentario[85].

---

[84] Wei Shou fue el recopilador y editor de la *Historia oficial de la dinastía Wei (Weishi)*, una obra que no sólo contaba con el apoyo del emperador sino que había sido hecha bajo sus órdenes. El mofarse de una obra de este carácter equivalía a ofender al emperador.

[85] Tal suicidio forzado sucedió en el año 554 d.C.

43. Hubo en tiempos de la dinastía Qi al Norte un recaudador de impuestos heredados con competencias en el paso de la Gran Muralla que hay en Jingxing, llamado Zhen Zirong, que estuvo desfalcando bienes hasta que, habiendo alcanzado unas enormes cantidades, alguien le acusó. Siendo deseo del monarca de Qi que la ley se aplicase en todo el territorio rectamente, quiso éste que se esclareciese y se juzgase bien el caso, de modo que encargó a Cui Fayuan, quien a la sazón ocupaba el cargo de jefe de la milicia ciudadana en la capital de la prefectura de Bing, y a Cai Rong, que dirigía el departamento de documentos oficiales, que interrogaran juntos a Zhen Zirong en la prisión. Descubrieron entonces que las infracciones cometidas por el recaudador databan de antes de una amnistía general, a pesar de lo cual, Cai Rong y su grupo, que procuraban los favores del emperador, se las compusieron para fecharlos como si hubieran sido cometido después de la amnistía.

Zhen Zirong apeló a cientos de instancias lleno de ira porque se le fuese a aplicar la pena de muerte; viendo que nadie escuchaba su razón, auguró:

—Contrario a la justicia del Cielo sería dejar a éstos libres de todo castigo.

Transcurrieron quince días y el jefe de la milicia ciudadana Cui Fayuan murió sin padecer enfermedad ninguna. Al cabo de cosa de un año, el director del departamento de documentos oficiales Cai Rong cayó gravemente enfermo, piel y carne se le fueron corrompiendo y desgajando y cayéndosele por el suelo hasta quedarse con los huesos al aire, lo cual vino produciéndole cada día más intolerables dolores, hasta así morir.

44. Hubo en tiempos de la dinastía Liang dos hermanos de la parte del monte Tai. El primero se llamaba Yang Daosheng y ocupaba el cargo de jefe de la milicia central a órdenes del príncipe Shaoling; el segundo, Yang Haizhen, era prefecto en Zha.

En cierta ocasión, Yang Daosheng solicitó un permiso para ausentarse de su puesto y visitar a su hermano el prefecto. Así hizo. Y ya concluida la visita, estando a punto de despedirse a unas leguas de la ciudad, pues el prefecto había acompañado a su hermano un trecho del viaje, columbró éste un hombre atado a un árbol. Se acercó para verle mejor y descubrió que era un antiguo sirviente de su casa, quien empezó a llorar en cuanto le reconoció.

—El magistrado de esta prefectura —acusó el sirviente— se ha propuesto darme muerte.¡Apiádese de mí, por caridad!

—Dime antes —le preguntó Yang Daoshen—, ¿qué crimen has cometido?

—Deserción. No pude cumplir con mi deber.

—No hay falta más odiosa que la tuya —dijo Yang Daoshen. Y al instante descabalgó, desenvainó el puñal, le sacó con él los ojos al sirviente, y se los llevó a la boca mientras éste no cejaba de aullar al Cielo y dar grandes voces de dolor.

Así es que poco tardó el prefecto en acercarse; cuando hubo llegado, escuchó cómo su hermano le exhortaba a que quitara la vida a aquel sirviente. Al poco de haber dicho lo cual, Yang Daoshen empezó a encontrarse indispuesto. Al cabo de un buen rato se dio cuenta de que aún no le habían pasado los ojos del todo, de que se habían quedado a media tráquea. Pidió que le dieran un trago de vino de arroz para hacerlos bajar. Tras haberse bebido unos cuantos, no sólo los ojos seguían atascados sino que, además, se le estaban hinchando con tanto alcohol. Fue entonces cuando sintió que no se los podía terminar de tragar. Se despidió, en fin, de su hermano el prefecto, y, a los pocos días, estando aún a medio camino, expiró.

Nadie negó que aquello hubiera sido obra del Cielo.

45. En tiempos de la dinastía Liang, hubo un nieto del supervisor Zhang Yong que ocupaba el cargo de prefecto en la prefectura de Donxu; se llamaba Zhang Gao. En cierta ocasión en que sus tropas habían sido derrotadas, Zhang Gao huyó a los territorios del Norte en manos de los bárbaros. Allí topó un lugareño con quien hizo un juramento de amistad y de quien recibió ayuda para poder regresar al sur del río Azul. Después de aquello, el lugareño cambió la vida familiar por los votos budistas, pasando a llamarse el bonzo Ceng Yue, y de sus gastos se ocupó el mismo Zhang Gao.

Zhang Gao recobró su cargo de prefecto en la prefectura que había estado gobernando con anterioridad, y pidió al bonzo que se trasladase donde él. Y allí, el ensoberbecimiento en que fue cayendo el bonzo paulatinamente le hizo contradecir a Zhang Gao en cuestiones oficiales, de suerte que éste, airado en extremo, mandó a dos guardianes que fueran en la noche a darle muerte.

Así se hizo. Y no había pasado mucho tiempo cuando Zhang Gao vio de repente al bonzo en sueños, quien le dijo:

—He venido a cobrarme mi venganza.

Ocurrió en cierta ocasión en que estaba practicando arquería que Zhang Gao se hizo una rozadura en el dedo al disparar una flecha. La sangre que salió fue muy poca, apenas unas gotas, así que no le dio importancia ninguna; pero días después le entraron en aquella rozadura unas gotitas de pera que se estaba pelando, la rozadura se le infectó y se le llenó de pus. Pasados diez días, le salió una ampolla en el brazo sin más razón, cuyo pus le alcanzaba hasta los dedos. Y no se había colmado el mes cuando expiró.

46. Cuando tomaron por las armas la capital de la prefectura de Jiangling[86], un Grande del reino llamado Liu se vio prisionero de un tal Liang Yuanhui, un hombre que había nacido en alguna parte entre las dos entradas al imperio que se sitúan a ambos extremos de la Gran Muralla, en los territorios del norte. A Liu, que había perdido a toda su familia por culpa de la rebelión de Hou Jing, sólo le quedaba un hijo con apenas tres o cuatro años, un hijo al que cargaba él mismo en brazos mientras caminaba junto a los demás prisioneros hacia las planicies del norte. En tal situación estaban cuando se toparon con tanta nieve y tanto barro que Liu no pudo seguir avanzando. Liang

---

[86] Jiangling cayó en manos del reino de Wei Occidental en el año 554 d.C. Yan Zhitui se hallaba entonces en dicha capital.

Yuanhui ordenó continuar, que abandonase al niño allí mismo. Pero Liu quería tanto a su pequeño que ofreció su vida a cambio. Liang Yuanhui se lo arrancó de los brazos, lo tiró en medio de la nieve, y empezó a dar bastonazos al padre, a diestro y siniestro, y a obligarle a patadas a que se alejara de allí. Volviendo el rostro hacia atrás a cada paso, Liu no cejó en sus lamentos y en sus llantos hasta que aquella amargura extrema por la pérdida del niño, sumada al enorme cansancio y al dolor infinito que sentía, le derribó por tierra muerto. Totalmente muerto.

Aun así, Liang Yuanhui vio al padre a plena luz del día. Le vio que venía hacia él con los brazos extendidos, como dispuestos para recoger en ellos a su hijo, reclamándoselo. Liang Yuanhui enfermó de gravedad; de nada le sirvió pedir perdón a Liu, ni reconocerle su error: el padre no dejó de venir. La enfermedad de Liang Yuanhui se agravó cuando llegaban a su país, al norte, instante en el que murió.

47. Fue Zhang Yankang un gobernador que vivió hacia el año 539, en los tiempos en que Xiao Xu, príncipe de Luling, se hallaba a la cabeza de la prefectura de Jing. Era precisamente una de sus comandancias —la de Wuning—la que estaba bajo mando de Zhang Yankang, quien además era todo un maestro en el arte de la equitación y de la arquería ante el que nadie podía contener su admiración.

Habiendo Zhang Yankang colmado el período para el que le habían destacado a aquel cargo y estando ya listo para regresar a la capital, y con el sucesor ya de camino dispuesto a tomar posesión de su nuevo destino, el príncipe mostró deseos de que Zhang Yankang permaneciese a su servicio. Con las miras puestas en ascender en la administración central, Zhang Yankang declinó la invitación.

El príncipe buscó entonces ilegalidades que pudiera haber cometido Zhang Yankang durante el tiempo que había estado de gobernador, le apresó y le encarceló. Seguidamente despachó un emisario a la corte con órdenes de iniciar el procesamiento de Zhang Yankang y con la esperanza de que pusieran la resolución final del caso en sus manos en tanto prefecto de Jing.

Sin embargo, el emperador de la casa de Liang, que conocía bien qué clase de persona era Zhang Yankang, tuvo sus sospechas acerca de la veracidad de la acusación que había formulado el príncipe de Luling, de suerte que decretó el traslado de Zhang Yankang a la capital.

Para entonces, el príncipe de Luling no sólo albergaba en su pecho odio por Zhang Yankang sino también temor de que en cuanto llegase éste a la capital procurase limpiarse el honor mancillado, temor de que la situación se volviera en contra suya y de que fuese él mismo quien terminase de acusado. Sin esperar a que le llegasen las resoluciones imperiales al respecto, ordenó a un carcelero que hablara con Zhang Yankang.

—Dicen por ahí que anda el príncipe que os quiere muerto. ¿Cómo no buscáis manera de escapar a la capital? Yo mismo podría ayudaros.

A Zhang Yankang le pareció bien aquello, se evadió en la noche y estaba ya dejando atrás la muralla de la ciudad cuando una patrulla de soldados que había apostado allí el príncipe se le echó encima y le mató a cuchilladas. El consiguiente informe expuso que los guardias habían dado muerte a Zhang Yankang cuando, huyendo de la prisión, les había ofrecido resistencia.

Además de esto, el príncipe de Luling también intentó retener a un subprefecto de nombre Wu, que por aquel entonces tenía a su cargo la comandancia de Zhijiang, en el momento en que preparaba su marcha a la capital al término de sus servicios. Al ver que, en efecto, el subprefecto Wu estaba resuelto a partir, el príncipe mandó a unos hombres que le dieran muerte a mitad de camino, hombres que no sólo acabaron con Wu sino también con la vida de diez familiares suyos, a los que ahogaron en el canal.

Al cabo de varios años, el príncipe enfermó de gravedad, y empezó a ver a todas horas, tanto de noche como de día, a Zhang Yankang y a Wu.

—¡Os suplico perdón!, ¡os suplico perdón! —murió gritando al poco tiempo[87].

48. Hacia el año 539, durante el tiempo que estuvo al mando de la prefectura de Jing, era común que el príncipe de Luling despachara sub secretarios prefecturales a partir y repartir los sembradíos entre las gentes del pueblo llano.

Uno de estos sub secretarios se llamaba Le Gaiqing y era de Nanyang. Pues bien, en una ocasión en que estaba este sub secretario cumpliendo con sus tareas, ocurrió que el censor de la parte en que se hallaba envió un memorándum a instancias superiores en el que informaba de cuán lejos de las órdenes de Su Majestad estaban las obras de aquel sub secretario, de suerte que cuando el sub secretario terminó su cometido y llegó de regreso a la capital, se encontró con una acusación de haber estado cometiendo gran número de irregularidades.

Temeroso el censor de que, a raíz de aquello, se le investigase también a él y se descubriesen sus propios delitos, engañó al sub secretario acusado diciéndole así:

—No debéis preocuparos de nada. Pienso ocuparme en persona de que se os limpie el honor y de que se retire esa acusación —y, en el plazo de unos pocos días, mandó que lo decapitaran en plaza pública.

Instantes antes de su muerte, viendo el subprefecto que de nada servían sus gritos de clemencia, pidió a voces que metieran en su féretro papel, tinta y pincel.

Sin haberse cumplido una semana de la ejecución, se hallaba el censor en el establo mirando un buey cuando vio cómo la cabeza del subprefecto se asomaba por la puerta, cómo entraba luego y se le venía encima con un mortero lleno de ajo machacado. De nada sirvió al censor echar a correr despavorido ni ponerse a gritar: acabó tragándose el ajo. A raíz de aquello enfermó, muriendo al poco.

---

[87] El fallecimiento del príncipe Liling sucedió en 547 d.C. según Cohen, 1982: 80.

49. Era Kang Lisun un hombre que de natural disfrutaba matando, obsesivamente apasionado por la pesca y por la caza, y muy dado a dar muerte a sus criados y criadas por el simple hecho de haber cometido alguna falta.

En una ocasión en que se le agravó cierta enfermedad que llevaba padeciendo desde hacía muchos años, vio a un hombre en sueños.

—Tu enfermedad mejoraría —le dijo el hombre—, si fueras capaz de dejar de matar; de lo contrario, acabará por llevarte a la tumba.

En el sueño, prometió Kang Lisun que no volvería a matar. Le despertó su propio sobresalto, asustado y con el cuerpo empapado en sudor. Pero el caso es que fue mejorando paulatinamente hasta quedar curado por completo.

Al cabo de unos cuantos años, tres criados raptaron a dos de sus concubinas y huyeron con ellas. Kang Lisun logró darles captura, y a bastonazos, en el acto, acabó con la vida de los raptores. Aquella noche volvió a soñar con el mismo hombre, que le decía:

—¿Por qué has traicionado tu promesa? ¿No ves que la falta de estos sirvientes no merecía la muerte, que no corresponde matar cuando cada cual lo quiera? De nada me servirá argumentar en tu favor ahora que has recaído en tu antigua costumbre.

Poco antes del amanecer, Kang Lisun comenzó a esputar sangre y, a los pocos días, yacía muerto.

50. Hubo en tiempos de la dinastía Liang un gobernador al cargo de la prefectura de Wuchang que gustaba de viajar en junco; se llamaba Zhang Xun.

En cierta ocasión en que notó que uno de sus sirvientes no remaba con el brío que él quería, se puso a darle tales bastonazos que en el acto le dejó con el brazo partido y con un aspecto tan exánime que lo tiraron al cauce del canal; al punto vieron que salía del agua.

—No merecía pagar mi falta con la vida. Mi muerte ha sido una injusticia. Pero ya da igual, mi hora de la venganza ha llegado —y al instante, dando un salto, se le metió a Zhang Xu por la boca adentro.

Zhang Xu cayó enfermó a raíz de aquello, y no había pasado una semana cuando expiraba.

51. Yang Shida fue un hombre que ocupaba el cargo de prefecto del distrito oriental de Yang por las fechas en que Hou Jing instigó la rebelión del 552, en tiempos de la dinastía Liang. La sequía era terrible entonces y, para evitar que el pueblo llano, por las hambrunas, se diera al robo de maíz en los sembrados, mandó que un sirviente se apostase a vigilar los campos. Y cada vez que aquel sirviente cogía a alguien robando, le cortaba las manos. Más de diez personas recibieron mutilación. No mucho después, la esposa de este sirviente alumbró un niño, manco de sendas manos.

52. Cuando el emperador Wu de la casa de Liang tuvo el deseo de erigir un templo sobre la tumba de su padre, el ilustre emperador Wen el sabio, y descubrió que las vigas de que disponían eran claramente insuficientes, transmitió sus intenciones a aquellos cuyos cargos competía el asunto, con la idea de que se pusieran manos a la obra.

Había en el reino, por aquel entonces, un hombre originario de Quhe, de apellido Hong, cuya familia era acaudalada y generosa. Con la ayuda de toda su parentela reunió gran cantidad de mercancías y de objetos, los trasladó a la prefectura de Xiang, y allí se ocupó de venderlos. Al cabo de un año fatigándose en esto, consiguió comprar unos troncos hermosísimos, de cientos de pies de largo, ciertamente extraordinarios y raros en el mundo. Los ató haciendo una balsa, y en ella arribó a la prefectura de Nanjing, donde topó con un gerente general de mercancías llamado Meng Xiaoqing que, ansioso de placer a la corte para ganarse sus favores, miró con lupa la ley queriendo acriminar a Hong: vio los restos no vendidos de su mercancía original, y le acusó de haberlos obtenido ilegalmente, robando a otros viajeros durante la navegación, así como de haber construido una balsa cuya longitud no se ceñía exactamente a la estipulada para usos comerciales. En consecuencia, dirigió un memorándum al trono en el que solicitaba la pena de muerte para Hong, y que tanto las vigas como el resto de sus mercancías quedaran requisadas para la construcción del templo. Y el trono accedió.

El día antes de que se cumpliera la sentencia, Hong pidió a su esposa y a sus hijos que no dejaran de meterle en el ataúd papel amarillo, tinta y pincel para escribir, que si uno conservaba el conocimiento Más Allá de la muerte, formularía de seguro una apelación. A continuación, escribió un par de docenas de veces el nombre de Meng Xiaoqing en varios trozos de papel, y se los tragó uno detrás del otro.

Al mes de todo aquello, estaba Meng Xiaoqing despachando en su asiento cuando vio a Hong que se le venía encima. Intentó huir, quiso zafarse, todo fue en vano; le suplicó compasión, y al punto murió con vómitos de sangre.

Todos aquellos que habían estado implicados en el caso, desde los carceleros hasta los notarios oficiales, fueron cayendo, uno tras otro, hasta que en el plazo de un año no quedaba ni uno vivo.

Cuando la construcción de aquel templo no había hecho más que finalizarse, cayó un rayo del cielo que le pegó fuego. Ni una astilla se libró del incendio. Hasta los pilares de las vigas que estaban bajo tierra quedaron calcinados, todo barro y ceniza.

53. En tiempos de la dinastía Liang, se encarceló al comandante de la parte de Moling, Zhu Zhen, bajo acusación de haber violado la ley. Fue el juez de prisiones Yu Xian quien investigó el caso, con el resultado de que correspondía aplicar la pena capital. Y el condenado mandó entonces a alguien de confianza que transmitiese al juez Yu Xian un pliego que decía así:

Admito, señoría, que mi crimen merece castigarse con la muerte, y por lo tanto no cometeré la osadía de suplicar perdón. Pero sí aspiro a tener la infinita fortuna de que su señoría se muestre magnánimo al menos en esto: en recordar al trono que el día de mañana están prohibidas las ejecuciones en memoria de la muerte de un pasado emperador y que, por lo tanto, se trata de una fecha propicia para las amnistías.

—No podría yo denegar tal petición —respondió el juez de prisiones—, ya que ni un punto se aleja de lo procedente su argumento. Tal como lo oigo, así tendré el honor de transmitirlo a instancias superiores.

Y decidió que, al día siguiente, aquel asunto sería el primero en despachar.

La misma noche en que ocurrió todo esto, el juez de prisiones tuvo la visita de un amigo con quien estuvo bebiendo hasta emborracharse por completo, olvidándosele apartar el pliego con la solicitud de pena de muerte para Zhu Zhen del resto de los asuntos del día después. Al amanecer, le prepararon el equipaje, metiéndole en el baúl con las ropas de audiencia los documentos que necesitaba, y Yu Xian no volvió a pensar en el asunto de Zhu Zhen hasta que, ya frente a frente con el emperador, cuando procedía a extender los memoriales encima de la Mesa del Incienso ante los ojos de Su Majestad para exponerle cada caso, se vio abriendo la acusación contra Zhu Zhen; tarde era ya para ocultarla, llegó la petición a oídos del emperador Wu, y Su Majestad coincidió en que se aplicara la pena de muerte a Zhu Zhen, con la addenda: «en plaza pública».

—¡mezquino Yu Xian!, —exclamó Zhu Zhen encolerizado cuando lo supo— ¡mezquino ser que engaña a un pobre reo a un punto de la muerte! Óyeme bien: si nuestros espectros pierden toda memoria de este mundo, entonces en ceniza y polvo nos acabamos; pero como la conserven, válgame el Cielo que me vengaré.

No habían hecho más que ejecutar a Zhu Zhen en la plaza del mercado cuando el juez de prisiones vio a Zhu Zhen echándosele encima. Y no fue sólo aquella vez. Desde aquel día empezó a verle a todas horas, y le cogió un miedo espantoso, y soñó que al ir bajando por un monte en carruaje precipitaba Zhu Zhen grandes peñas que le aplastaban, y cuando al cabo de un mes se dirigía a la residencia de los Zhang para mostrarles pleitesía nada más haber tomado posesión de su nuevo cargo a la cabeza de la comandancia de Quhe, estando tranquilamente sentada en casa, su mujer murió sin más razón, de modo que Yu Xian canceló la visita, volvió sobre sus pasos, regresó a casa y cuando estaba llorándola en la sala junto al cadáver, dio en levantar la cabeza al techo y allí, encima de una viga, vio a Zhu Zhen.

—Cómo no iba a morir mi esposa —dijo en voz alta Yu Xian—, estando Zhu Zhen aquí con ella.

No había hecho más que terminar aquella frase cuando las vigas de la sala se desplomaron sin motivo, segando instantáneamente la vida tanto del propio Yu Xian como de los más de diez criados y criadas que tenía a su servicio. Sólo Yu Zhi, un familiar de Yu Xian que había estado ayudando con los preparativos del funeral y que, habiendo visto a Zhu Zhen con tales trazas, había salido huyendo de aquella sala, se libró de la desgracia.

54. Cuando falleció el emperador Wen Xuan —cuyo nombre propio era Gao Yang—, fundador de la dinastía Qi al Norte, ascendió al trono su hijo el gran heredero, y el nuevo reinado quedó bautizado en el 559 con el nombre de «Años de la claridad celeste».

Uno de los hermanos por parte de madre del recién finado emperador era Yan, un hombre que reinaba en el principado de los montes Chang y que tenía gran autoridad y enorme mando en la prefectura de Bing. Muerto el emperador Gao Yang y sepultado en ciertos montes, Yan no regresó a su principado sino que permaneció en la corte ocupando un cargo de ilimitado poder, el de director general de documentos políticos, mientras el gran heredero no tenía aún edad. Con ello, la potestad y la autoridad de Yan aumentaron, y maquinó usurpar el trono.

El día en que se celebró la audiencia de pleitesía al nuevo emperador, estando allí reunidos toda clase de ministros, consejeros, oficiales y demás altos cargos de la administración, Yan aprovechó para apresar al más allegado secretario del emperador de la claridad celeste, un hombre llamado Yang Zunyan que ocupaba el cargo clave de observador e intérprete del éter celestial, con otras cinco personas más; envió luego un memorándum levantando falso testimonio contra ellos y pidiendo que fueran ejecutados, abolió la era llamada la claridad celeste, se desembarazó del emperador y se auto coronó emperador Xiao Zhao, el emperador «Preclaro y Filial» en el año 560.

Tiempo después, ocurrió en la prefectura de Bing que un observador e intérprete del éter celestial envió al trono un documento indicando que había detectado, en la aldea de Ye, un éter cuyo significado era que un nuevo emperador estaba a punto de ser entronizado. De modo que Gao Guiyan, familiar del emperador Xiao Zhao (era príncipe de Pingqin), lo tomó como un pronóstico de que el emperador de la claridad celeste iba a hacerse con el trono de algún modo, así que le dio muerte en el 561 y, a continuación, trasladó a la prefectura de Bing a todos los allegados del recién asesinado. No dejó uno con vida.

Aquel mismo año, el emperador Xiao Zhao[88] empezó a ver a todas horas hechos extraordinarios y augurios funestos que el emperador Wen Xuan, fundador de la dinastía, le enviaba para reclamarle el trono de su hijo. El emperador Xiao Zhao intentó eliminar aquellos malos influjos llevando a cabo el ritual de la arcilla comprimida, pero de nada le sirvió. Murió al poco tiempo.

55. Recién instaurada en el año 557 la casa Chen, el nuevo emperador Ba Xian, el «primer hegemónico monarca», decidió emplear al príncipe de Jinan a modo de cabeza del Estado, prestándole todo su apoyo y asistencia. Este príncipe era el noveno hijo del que había sido el emperador Yuan entre el 552 y el 555 de la casa de Liang, casa a la que acababa de suceder la de Chen.

---

[88]   Quien falleció al caer de un caballo según el capítulo 3 del *Libro de la dinastía Qi al Norte (Beiqizhu)*.

Ocurrió entonces que el conocido Yu She, hombre que había tenido altos cargos (director de documentos oficiales, general de documentación) bajo mandato del emperador Wu de la casa de Liang, tuvo un sueño en el que vio a su antiguo señor.

—A ti que fuiste uno de mis más estimados ministros —le dijo el emperador Wu en el sueño—, a ti te pido que digas esto al primer hegemónico monarca: que nada bueno le traerá el usurpar el trono matando.

A pesar de que había visto con total nitidez que el del sueño era el emperador Wu, y que había oído con igual claridad lo que éste le había dicho, no osó comunicárselo al monarca, pues no había detectado en él ninguna traza de estar maquinando el asesinato del príncipe de Jinan para coronarse emperador.

Transcurrieron unos cuantos días, y el sueño se le repitió al ex ministro.

—Cuidado —le amonestó esta vez el antiguo emperador—, que si le no das mi recado, tal vez también a ti alcance la desgracia.

Dando un suspiro de resignación por lo que pudiera suceder, el ex ministro prefirió, una vez más, guardarse aquellas frases para sí.

Y no había transcurrido de aquello mucho tiempo cuando el gran astrólogo de palacio comunicó que había advertido en los astros un ataque militar por sorpresa[89].

—El mío —anunció el primer hegemónico monarca. Al punto mandó a un destacamento de sublevados que acabara con la vida del príncipe de Jinan, y a continuación se auto coronó emperador.

Yu She, el ex ministro, cayó entonces enfermo, y en su enfermedad soñó de nuevo que su antiguo señor le decía:

—No le diste mi recado. Tú mismo te has buscado tu propia perdición. En su momento sabréis, tú y el nuevo monarca, de qué estoy hablando.

Fue entonces cuando Yu She comunicó por documento escrito lo referente a los sueños. El monarca, que no creía en cosas de espíritus, se quedó extremadamente extrañado en cuanto hubo leído aquel pliego, despachó un carruaje para ir a recoger a Yu Shen e, incluso antes de que éste hubiese llegado a palacio, el monarca ya había salido a medio camino para recibirle y preguntarle personalmente por lo ocurrido.

—¡Y por qué no se me informó de todo en su momento! —le reprochó airado el monarca.

Yu She murió a los seis o siete días, y al poco estalló la rebelión de Wei Dai.

56. En sus intentos por arrebatar el trono a la casa de Liang, el que sería más tarde emperador Wu de la casa de Chen —«el primer y hegemónico monarca»— atacó primeramente al gran general en jefe de todos los ejércitos de la casa de Liang, a Wang Sengbian. Vencido éste, envió tropas de castigo contra ciertos nobles. Uno de estos,

---

[89] Variante posible: el gobernador comunicó que en el Salón había advertido un ataque militar por sorpresa.

Wei Dai, a la sazón gobernador en Yixing y cuarto hijo del que fuera gran guardián de las Puertas Amarillas de palacio, se acuarteló en su prefectura y rechazó con tanto éxito los ataques y resistió con tal tesón el cerco a que le sometieron las tropas del emperador Wu, que no tuvo éste más remedio que lanzar una ofensiva con todo el grueso de su ejército.

—Escuchadme, general Wei Dai —parlamentó el asediador—, la familia de Wang Sengbian en pleno y todos los que la apoyaban están ahora bajo tierra. ¿Qué sentido tiene empeñarse en defender esta ciudadela huérfana de todo, continuar con esta rebelión que se os ha ido de las manos? Deponed las armas y no se os requisará ningún bien de los que encierran estos muros.

—Vuestras palabras, señor —respondió Wei Dai—, encienden en mi pecho el respeto más sincero. Pero pensad que este que os habla traicionó a vuestro ejército para adherirse a Wang Sengbian, volviendo enemigos a los que fueran camaradas. Ahora que habéis sofocado por completo la rebelión en toda la parte oriental del río Azul, bien parece cierto que a esta pequeña ciudadela no le queda ya esperanza. Sin embargo, hemos cruzado tantas veces las espadas y hemos abatido tantos hombres en batalla que el odio que nos tiene vuestra tropa será extremo, y si mucho temo que acabe con mi vida, más temo por la vida de mi madre, que aún se encuentra en el Salón de esta fortaleza. Lucharé tanto cuanto duren arriba la luna y las estrellas. Sólo a cambio de vuestra palabra de honor detendríamos esta guerra que os desgasta.

Y así fue que el emperador Wu mandó que degollasen un caballo blanco en señal de solemne promesa, Wei Dai abrió las puertas de la ciudad y el emperador, según lo jurado, se retiró con sus tropas de regreso a Yang, la capital.

Transcurrió el tiempo y, habiéndose coronado Wu emperador hegemónico de todos los principados, en cierta ocasión mandó a Wei Dai que se uniese a sus tropas en campaña. El encono en el pecho del emperador seguía vivo y, amparándose en la excusa de que Wei Dai había ido rezagando su milicia paulatinamente, le castigó con la muerte.

No mucho después, se hallaba el emperador Wu en el Salón del Trono cuando oyó fragor de batalla y, al punto, vio que Wei Dai entraba yéndose derecho hacia donde él estaba, y apenas si tuvo el tiempo justo de salir huyendo a los aposentos privados. El emperador trasladó el trono al Salón del Resplandor, y en una ocasión en que en él se encontraba, volvió a oír fragor de armas y de lucha, y Wei Dai volvió a entrar; el emperador preguntó rápidamente a sus ministros y guardianes si no le veían, y le respondieron unánimemente que no veían a nadie. A partir de entonces, el emperador contrajo una enfermedad que le llevó a la tumba.

CUENTOS DE ATRIBUCIÓN POSIBLE

57. El emperador Wu de la dinastía Zhou al Norte fue un emperador que aplicaba un extremado rigor en la educación de su hijo, el heredero que más adelante sería coronado emperador Xuan en el 561 y que, por aquel entonces, residía en las dependencias orientales de palacio. Solía este emperador enviar al ministro Cheng Shen a que vigilase el comportamiento del chico, con orden de que le informase hasta del más mínimo desliz del educando so pena de muerte en caso de callarse algo. Y así sucedió que, por las muchas veces que informó el ministro de las incorrecciones cometidas por el heredero, recibió éste castigo de cien bastonazos.

Transcurrieron los años, el chico fue entronizado emperador y en cierta ocasión en que dio en fijarse en las señales que le habían quedado marcadas en los muslos por aquella bastonada, inquirió acerca del paradero del ministro Cheng Shen. Supo entonces que Cheng Shen había abandonado ya la corte y la capital, y que se hallaba a la cabeza de cierta prefectura. El emperador mandó que lo condujeran a su presencia. Cuando le tuvo frente a sí, le ordenó beber veneno.

—¿Qué culpa tengo yo de este mal —replicó con dureza el ministro— si fue vuestro padre quien os lo hizo?, ¿y por qué voy yo a pagar por vuestras culpas? Hasta el punto de querer matarme por esto llega vuestro obrar impropio. Escuchadme bien: como conserven los espíritus memoria de este mundo, os vais a arrepentir.

Corría entonces la época en que en palacio se había impuesto la estricta prohibición de volverse a charlar o a reír con nadie, estando sólo permitido saludarse por medio de un leve movimiento de pupilas. La administración contaba con varios inspectores expresamente dedicados a vigilar por palacio que estas normas se cumplieran sin excepción, y a anotar quién las violaba. Una de las acusaciones recayó sobre una sirvienta de la princesa, por quedarse tumbada llorando sin parar. Los inspectores lo atribuyeron a que ocultaba alguna falta grave, de suerte que trataron de descubrir cuál por medio —tras aprobación expresa del monarca— de la tortura.

Al primer golpe que se le dio en la cabeza, el emperador sintió dolor en la suya propia; y, cuanto más la golpeaban, de más dolores se quejaba el emperador.

—¡Alguien hay con quejas contra mí! —gritó el monarca.

Ordenó que desmembrasen a la muchacha la mano de la muñeca, y el monarca, una vez más, sintió un gran dolor en su muñeca.

Aquella noche, cuando abandonaba el emperador las dependencias septentrionales de palacio sintió que le empeoraban los dolores. A la mañana siguiente le fue imposible subirse al caballo cuando tenía intención de regresar a dichas dependencias, y hubo de hacerlo en carruaje. A mitad de camino descubrieron una mancha con la figura de la muchacha asesinada en el lugar exacto en que ésta había recibido la muerte. Lo explicaron diciendo que debía ser una mancha de sangre. La limpiaron, pero volvió a salir con la misma forma que tenía antes. Y lo mismo sucedió otras tres veces más. Los encargados de aquellos menesteres se ocuparon bien de cavar aquel pedazo de tierra, de quitarla de allí, y de rellenar el socavón con tierra nueva. Al cabo de una noche la mancha estaba allí otra vez, y allí permaneció el plazo de otras siete u ocho noches, noches en las que el cuerpo del emperador se fue cubriendo de llagas, úlceras y moratones hasta que se desplomó para siempre.

Los señores feudales que trasladaron el cadáver hasta la cama donde se le iba a amortajar vieron que todas las patas de las camas de palacio estaban dobladas y que era imposible enderezarlas. Las únicas rectas eran las de la cama de aquella muchacha que había sido torturada, de modo que la trajeron para acostar encima el cadáver del emperador Xuan, cumpliéndose así tal vez el secreto designio de los espíritus. La muerte del emperador Xuan acaeció sin que hubieran pasado siquiera veinte días de la de su ministro Chen Shen.

58. Ocurrió en tiempos de la dinastía Song al Norte, un año entre el 454 y el 457 de la «Años del emperador filial» Xiaowu, y en la prefectura de Yingchuang, que a un hombre llamado Yu Shen, a pesar de haber muerto de cierta enfermedad, no se le enfriaba el pecho. Al cabo de una noche de su fallecimiento, despertó de golpe y relató lo siguiente: que justo después de haber muerto llegaron dos hombres vestidos de negro que le maniataron y le arrearon que echara a andar; que luego llegaron a cierta ciudad, protegida por altísimas murallas y puertas, y guardada por muchísimos soldados; que le llevaron hasta una sala en la que se hallaba gran cantidad de gente, además de, encima de una solemne tarima rodeada por guardianes, un hombre al que todos trataban de «Gran Gobernador». Este Gran Gobernador, pincel en mano, tras haber examinado el libro en que se listaban los nombres de los recién llegados, llegó al de Yu Hen, y exclamó:

—Si la vida de este hombre aún no está agotada, ¿por qué se le ha llamado? —y ordenó a dos guardianes que le acompañasen de regreso.

Así fue cómo Yu Shen se vio caminando en dirección a la salida, guiado por un hombre que había bajado de la tarima en que se sentaba aquel Gran Gobernador. Llegaron a unas puertas de la muralla, y el acompañante informó al soldado de guardia de que había que mandar a Yu Shen de vuelta a casa.

—Sin orden por escrito, por estas puertas no sale —le contestó aquel soldado.

—Buena fortuna tiene Yu Shen —intercedió una muchacha hermosísima y de una elegancia extremada que ingresaba por aquella misma entrada a la ciudad—, pues os permiten regresar. Dadle algo a ese guardián, y veréis cómo os deja pasar.

—Pero, ¿qué podría darle, si no tuve tiempo de coger nada antes de que me atasen las manos?

—Esto —y al punto se quitó unos brazaletes de oro que llevaba en los brazos y se los alcanzó a Yu Shen.

Yu Shen le preguntó su nombre y de dónde era.

—Me apellido Zhang. La casa de mis antepasados está en Maozhu. Yo morí de cólera anoche.

—Poco antes de morir, tuve tiempo de entregar cinco mil sapecas de oro a unos familiares para los gastos del entierro. Si en verdad resucito, me gustaría entregarlas a su familia en agradecimiento por lo que estáis haciendo ahora por mí.

—Lo hago sólo porque me resulta intolerable veros sufrir esta injusticia de que os retengan aquí adentro. No hace falta que me deis nada a cambio; los brazaletes no pertenecen a mi familia, son solamente míos.

Yu Shen se los alcanzó al soldado, quien los aceptó, le permitió salir sin volver a mencionar la orden escrita y le acompañó de regreso, no sin que antes Yu Shen y la muchacha se hubieran despedido con las lágrimas agolpándoseles en los ojos y con un hondo suspiro de pesar saliéndole a ella del pecho.

Yu Shen se despertó al punto. Hallándose enormemente desconcertado por todo lo que le acababa de suceder, se llegó hasta la aldea de Maozhu, buscó a una familia llamada Zhang, la encontró, y averiguó que una de sus hijas acababa de morir.

colección

RENACIMIENTO DE ASIA ORIENTAL

Director: JAVIER MARTÍN RÍOS